集英社オレンジ文庫

忘れない男

〜警視庁特殊能力係〜

愁堂れな

本書は書き下ろしです。

忘れない男

警視庁特殊能力係

WASURENAI OTOKO

Rena Shuhdoh

1

本当にもう、信じられない！

浮かれる気持ちのまま、麻生瞬《あそうしゅん》は警視庁の廊下《ろうか》を駆け抜け、目的の部署である捜査一課へと向かっていた。

瞬は警察学校を卒業したばかりの新米警察官である。卒業後、最初の配属先は所轄《しょかつ》となるのが大半だが、瞬の配属先は夢にまでみた本庁、警視庁刑事部捜査一課で、こうして今日、初出勤の日を迎えたというわけだった。

瞬の見た目は大学生、下手《へた》をすると高校生に間違えられることもある。身長は百七十六センチと意外と高いのだが、頭が小さいためかそれより低く思われることが多い。顔立ちは充分『美形』の部類に入るが、子供っぽく見られがちで、本人にとってはコンプレックスとなっている。

運動神経は非常によく、柔道も剣道も合気道も有段者であるし、足も速く射撃も得意であるものの、体質的にわかりやすく筋肉が付くタイプではなく、服を着ていると華奢《きやしや》にすら見え、それもまた彼のコンプレックスの一つであった。

興奮しているために、スーツを着てはいるが、まさに『紅顔《こうがん》の美少年』よろしく、頬《ほお》を薔薇《ばら》色に染め、息を切らして廊下を駆け抜ける瞬の姿を、擦れ違う人間は皆、興味深げに見送っていたが、瞬本人は周囲に気を配る余裕がなく、そのまま捜査一課の部屋へと飛び込んだ。

「失礼します！」

声を張り上げた瞬に、室内の注目が集まる。

「本日付で捜査一課配属となりました。麻生瞬です！　よろしくお願いします！」

視線を集めたことで更に舞い上がってしまった瞬は、喉《のど》の痛みを覚えるほどの大声を上げたあとに、その場でかっきり九十度のお辞儀《じぎ》をした。

「元気いいなあ」

呆《あき》れた誰かの声がした直後、室内に笑いが溢《あふ》れる。

「……あの……」

なぜ笑われているのだろう。戸惑いから顔を上げた彼に、強面《こわもて》の男が歩み寄ってきた。

「新人か？　先に人事に行けって言われてないか？」

三十代半ばに見える男は身長百八十を超える、見るからにいかつい、いかにもドラマに出てきそうな『刑事』だった。太い眉《まゆ》、鋭い目つきの彼を前にすれば反社会的団体も裸足《はだし》で逃げ出すのではないかと思われる。

「あ！」

彼に指摘され、初めてそのことを思い出した瞬は思わず声を上げてしまった。

「まあ、いいか。話は聞いてる。配属部署に案内するよ」

男はそう言うとニッと笑い、動揺《どうよう》する瞬の目を覗《のぞ》き込むようにして名を告げた。

「俺は三係の小池《こいけ》だ。捜査一課では最年少になる。これからよろしくな」

「最年少！」

その見た目で、とまでは口にはしなかったが、驚きから声を上げた瞬を、じろ、と小池が睨《にら》む。

「俺が老け顔とか、そういうことは言うなよな」

「言いませんし思ってません！」

顔に出たかと反省しつつも『老け顔』ということは実は若いのか、と内心思いながら叫んだ瞬に対し、小池は、やれやれ、と肩を竦《すく》め、

「フォローの仕方、下手《へた》だな、お前」

と呆れてみせた。

「すみません！」

またも顔に出たか、と慌てて謝罪をした瞬を前に、小池はますます呆れた顔になったが、

「ま、いいや。こっちだ」

と瞬の腕を摑《つか》むと、捜査一課から出ようとした。

「え？　あの……」

人事に案内してくれようとしているのか。発令は間違いなく捜査一課のはずだ。それに小池は『配属部署に案内する』と言ってくれてなかったか？

戸惑いまくっていた瞬だったが、何を問うより前に小池に引き摺《ず》られ、エレベーターに乗せられる。小池が地下二階のボタンを押したことに驚き、瞬はつい、

「あの？」

と声を上げてしまった。

「なんだ？」

「俺の……自分の配属先は地下二階なんですか？」

どう考えても地下二階というのはあり得ない。小池の勘違いか、またはからかっているのか。または新人への洗礼とか？　イジメはさすがにないと信じたい。問いかけながらも

そう考えていた瞬に対する小池の答えは、

「そうだ」

という至ってシンプルなもので、

「え？」

と瞬が驚いている間にエレベーターは地下二階に到着した。

「どうぞ」

降りろ、と顎《あご》をしゃくられ、先に箱から降ろされる。

「こっちだ」

ますます戸惑いを濃くした瞬だったが、小池に歩き出されてはついていくしかなく、頭の中をクエスチョンマークでいっぱいにしながら彼のあとに続いた。

「…………」

薄暗い廊下の両サイドに時々ドアがあるが、どう見ても日常使われているようには見えない。倉庫とか書庫とか、そういう部屋なんじゃないのか、と、きょろきょろしながらも一向に足を止める気配のない小池についていった瞬は、不意に小池が立ち止まったことでその背に激突しそうになり、焦って踏みとどまった。

「ここだ」

小池が立てた親指で示したドアには『捜査一課　特能係』と書かれたプレートがかかっていた。

「とく……のう？」

聞いたことがない。読み方はこれであっているのか。しかも場所は地下二階？

「行くぞ」

と、小池が瞬に声をかけつつドアをノックし、返事を待たずに開く。

「徳永《とくなが》先輩、入りますよ……ってもう入ってますけど。お待ちかねの新人連れてきました。人事すっ飛ばしてウチに来たもんで」

強面ではあるが上下関係には厳しいようで、大声で丁寧語《ていねいご》を発しながら入室する。

やはりここは倉庫では――？

何列も棚《たな》が並び段ボール箱が積まれている。どう見ても倉庫としか思えない、と首を傾《かし》げつつ瞬もまた入室したのだが、棚の向こうからひょいと顔を出した男を見て一気に緊張を高めたのだった。

「新人？　ああ、今日が配属日だっけ？」

いかにもなエリート。男に対し、瞬の抱いた第一印象はそれだった。きっちりと整えられた頭髪、縁無し眼鏡《めがね》の奥から覗く理知的な瞳。髭《ひげ》も綺麗《きれい》に剃《そ》られ、服装もかちっとしている。

彼がもしや『徳永先輩』なのかと見やった先、男もまた瞬を見つめ、口を開いた。

「麻生瞬？」

「あ、はい！　よろしくお願いします！」

名を呼ばれたので頭を下げる。

「係長の徳永だ」

男も——徳永もまた名乗ると、すっと右手を差し伸べてきた。

「よろしく頼む」

眼光が鋭いからか、はたまたいわゆる『塩顔』だからか、非常にクールな印象を受ける徳永の行動は見た目に反して実に友好的で、握手を求められるとは予想していなかった瞬は慌てて両手を伸ばし、徳永の手を握り締めた。

「よろしくお願いします……っ」

握った掌《てのひら》の冷たさに、瞬は一瞬、はっとなった。そのときには徳永は手を引いていて、瞬の手だけが宙に浮くこととなってしまった。

「それじゃ、きっちり届けましたんで」

小池がふざけた感じで徳永に敬礼をしたあと、視線を瞬へと戻すと、

「まあ、頑張れ」

と言葉を残し、踵《きびす》を返した。

「ありがとうございました」

なんだかとても悲観的な顔をしているようで、そこが気になって礼が遅れた。その間に小池は部屋を出ていってしまった。

「麻生」

なんとなく小池の出ていったドアを見つめていた瞬は徳永から声をかけられ、はっと我に返った。

「はい！」

慌てて振り返り大声で返事をする。

「早速仕事に入る。ついてこい」

徳永は一瞬、顔を顰《しか》めたがすぐに『無表情』といっていい表情となると、振り返り奥へと向かっていった。

「はいっ」

『仕事』と聞き、一気に緊張が高まる。それが声にも表れ、とんでもなくトーンは高く音量も大きくなってしまったのだが、それを聞いた途端に徳永が足を止めたかと思うと、溜め息交じりに振り返り、ひとこと、ぼそりと告げた。

「そんなに大声出さなくても聞こえるから」

「……あ、すみません」

反射的に謝ってしまったあとに瞬はこっそり首を竦めた。初めての『上司』は随分《ずいぶん》と気難しい性格のようだ。瞬としては、ここへと案内してくれた小池のほうが、顔は怖いが接しやすいと感じていた。

同僚には彼のようなタイプがいるといいのだが、と思いつつ、徳永のあとについて本棚の奥へと向かう。

「……え？」

瞬が思わず声を漏《も》らしてしまったのは、本棚と本棚の間に、デスクが二つ、少し離れた状態で並んでいたからだった。

「ここがお前の席だ。隣が俺の席」

淡々とした口調で徳永はそう言うと『俺の席』と告げたデスクへと向かっていく。

「仕事の説明をする。座ってくれ」

「あのっ」

ここで堪《たま》らず瞬は、声を上げてしまった。

「ん？」

徳永が訝《いぶか》しそうに眉《まゆ》を顰《ひそ》め、瞬を見る。

「他の人の……この係の人の机はどこにあるんでしょうか？」

本棚と本棚の隙間《すきま》──といっても他の隙間よりは本棚二つ分くらいは広くはあるが──に二つの机。まさかここが今日から職場になるというのか。書庫の中が職場？　からかわれているとしか思えない。

瞬の頭の中でそれらの思考が一瞬のうちに巡り、疑問となって口から零《こぼ》れる。

「係の人？」

ますます訝しそうな表情となった徳永を前に瞬は、新たな上司は気難しいわけじゃなく、そう見せかけたただの冗談好きということだろうか、と、彼を見返した。

新人歓迎のための『ドッキリ』なんだろうか。『ドッキリ』はしたが、面白いかとなると、正直、笑えない。

お笑いのセンスは今一つ。しかしさすがにそれは失礼発言だから胸の内に留めておこう。きっとこのあと『冗談だよ』という流れになるだろうから『もう、びっくりしましたよー』などと大仰《おおぎょう》に驚いたら、きっと喜んでもらえるんじゃないか。

リアクション芸をどこまでやれるかわからないが、やってやろうじゃないか、と準備万

端整え、瞬は徳永に向かい、

「はい。同僚の皆さんはどこに?」

と問いかけた。

「なんだ、何も聞いていないのか? ああ、人事をすっ飛ばして来たと、さっき小池が言っていたな」

やれやれ、というように徳永が溜め息をつく。

『冗談だ』的な流れではないような、とこのあたりで瞬は違和感を覚えつつあったのだが、続く徳永の言葉を聞いては信じがたさが爆発したせいで、今まで以上の大声を上げてしまったのだった。

「『特殊能力係』は俺とお前、二人の係だ。今までは俺一人だった。今年、お前が増員されたというわけだ」

「嘘っ??」

少しでも冷静さを保つことができたのなら、上司を嘘つき呼ばわりすることなど、瞬にできるはずがなかった。警察が縦社会であることは、警察学校で頭と身体《からだ》に叩き込まれている。

嘘つき呼ばわりどころか、タメ語を発してしまったことに、瞬はすぐに気づき、慌てて謝ろうとした。が、そのときには既に徳永が話し始めていた。

「嘘ではない。早く座れ。お前の業務を説明する」

「…………あ……はい……」

怒鳴られて当然。覚悟したにもかかわらず、徳永はどこまでも淡々としていた。未だ、混乱したままではあったが、説明してもらわねばこれが冗談か本気かもわからない。ほぼ働かない頭のまま瞬は頷《うなず》き、先に椅子《いす》を引いて座った徳永に倣《なら》い、自分もまた椅子を引いて腰を下ろした。

「パソコンとスマートフォンは机の上にあるものを使え。設定が終了したらすぐに業務を始めてもらう。その前に簡単に『特殊能力係』について説明する。メモをとるなら好きにしろ」

「はい……はい！」

まさに立て板に水がごとく、すらすらと言葉が流れていく。徳永の声はいわゆる『美声』であり、声のトーンがちょうど聞きやすいものだからか、どうも聞き流しそうになる。頭に残すにはメモするしかないと、瞬は慌ててポケットから手帳を取り出し、メモ欄《らん》を開いた。

「係の発足は三年前。『係』といっても三年間、メンバーは俺一人だった。仕事の内容は指名手配書を頭に叩き込み、繁華街《はんかがい》などで張り込んで市井《しせい》に紛《まぎ》れて生活している彼らを見つけ出し逮捕すること。『見当たり捜査員』という言葉を聞いたことはあるな?」

「はい。授業で……あ」

頷いてから瞬は、今、徳永が告げた業務内容がまさにその『見当たり捜査員』のものであると気づいた。

「見当たり捜査をするチームということですか」

ということは、と確認を取ると徳永は一言、

「そうだ」

と頷き、言葉を続ける。

「未逮捕の指名手配犯は、常時五百人以上いる。その顔写真をすべて覚えることからはじめてもらう。机の上にファイルがある。すぐにもとりかかってくれ」

「……あ、あの……」

説明が終わりそうな気配がするのに、瞬は慌てて声を発した。

「なんだ」

問い返す徳永の目が心持ち厳しくなったことで、臆してしまいそうになりながらも、疑問は解決したいと勇気を振り絞《しぼ》り問いかける。

『特殊能力』は何を指しているんですか？　見当たり捜査が特殊能力ということでしょうか」

「…………」

瞬の問いに徳永は一瞬、何かを言いかけ、黙った。

「……あ」

なぜ黙り込んだのだと首を傾《かし》げた直後に瞬は、唯一のメンバーである徳永の『能力』を否定したような発言だったかと気づき、慌ててフォローに走ろうと口を開く。

「ええと、別にその、特殊な能力じゃないと言いたいわけじゃないんです。何が特殊なのかと、それが知りたくてその……」

しかし言えば言うだけ墓穴を掘っているような、と焦りまくっていた瞬を徳永はじっと見つめていたが、やがて小さく溜め息を漏らすと尚も真っ直ぐに瞬を見据え、口を開いた。

「なぜお前がこのチームに選ばれたかを先に説明しよう。警察学校での裁判の研修を覚えているか？」

「え？　あ、はい」

質問には答えてもらえないということだろうか。なぜに？　疑問を覚えつつも、さすがに上司にそう問うことはできず、逆にされた質問に瞬は頷いた。

「どういう研修だった?」

『覚えている』と答えたのが信用されなかったのか、と、ちらと思ったものの、やはりそれを問うことはできず、問いに答えることにする。

「裁判のシミュレーションで、それぞれ裁判官、検事、弁護士、犯人、それに証言台に立つ刑事の役を割り振られた研修でした。役のつかない者は傍聴人《ぼうちょうにん》で。そこにイレギュラーで強盗犯が教室に乱入して……あ」

ここで瞬が言葉を途切れさせたのは、当初『裁判研修』と言われていたその研修が実は別の研修であったと思い出したためだった。

「そうだ。強盗犯は『仕込み』で、すぐに教室から出されたその犯人の風体《ふうてい》を答えよというのがその研修のもう一つの目的だった。突発的に何か起こった際、どれだけ冷静さを保っていられるかというテストだったんだが、多くの生徒が満足に答えられなかった中、麻生、お前だけが服装を正確に答えただけではなく、その三日前に行われた射撃のテストで助手をつとめていた警察官であることも言い当てた」

「はい」

強盗犯がなぜ警察学校に、と驚いた直後、見たことがある顔だと気づいた。だとするとこれも研修の一部かとわかったので冷静になれた。

なぜ、皆が気づかないのかはわからなかったのだが、と首を傾げつつも頷いた瞬に徳永が、

「だからだ」

と頷く。

「……え……？」

何が『だから』なのだろう。理解できずに尚も首を傾げた瞬の前で、徳永が訝しそうな顔になる。

「俺はその研修を別室で見ていて、お前の記憶力に可能性を感じた。それで特能係に欲しいと直談判《じかだんぱん》したんだ。犯人役を務めた警官に聞いたが、訓練中はお前と特別な接触はなく、訓練に参加したのも射撃のテストと裁判時のみだったという。お前のその、並外れた記憶力こそが特殊能力と見なされたんだ」

「…………特殊…………？」

ここでまた、わからなくなってしまう、と瞬は覚えた疑問を、今度は勇気を出して徳永にぶつけることにした。

「あの……会ったことのある人間の顔を覚えているというのは、普通のことじゃないんですか？」

「…………」

それを聞き、徳永は一瞬目を見開いた。

「え?」

直後に彼の『クール』としか表現し得ない顔が笑みに崩れ、何事だ、と瞬は目を見開く。

「いや、頼もしい。やはり俺の目に狂いはなかったようだ」

笑いながら立ち上がった徳永が、わけがわからないと呆然《ぼうぜん》としていた瞬の肩をポンと叩く。

「……え?」

「『特能係』という名称は上がつけたもので俺も納得できてはいなかった。要は指名手配犯、五百人の顔を覚えていることが『特殊能力』となされたわけだが、そんなものは努力次第でなんとでもなると、今日の今日まで思っていた」

「…………え……?」

今まで淡々としていた徳永が、興奮しているように見える。何が彼をそうさせているのか。まったくわからない上、彼の発言内容も瞬にはピンとこず、何が『特殊』なのか、なぜ努力がいるのかと首を傾げていたのだが、それを問うより前に、徳永にファイルを差し出されてしまった。

「ともかく、今日はこのファイルにある指名手配犯の顔と名前、それに罪状を覚えるんだ。明日は早速、見当たり捜査にあたろうじゃないか」

「…………はい……？」

疑問は増えるばかりで一つも回答を得られなかったものの、徳永が自分の席につきファイルを捲《めく》り始めたのを見ては、頷《うなず》く以外に選択肢《し》がなく、瞬は返事をすると指示されるがまま、自分も席に座りファイルを開いた。

一枚目は交番のポスターでもよく見かける指名手配犯だった。罪状も記憶のとおりである。二枚目、三枚目、四枚目、と捲っていくうちに知らない顔が現れるようになり、いつしか瞬はページを捲ることに集中力を高めていった。

それにしても何が『特殊能力』だという答えだったのか。自分の記憶力は決して『並外れて』はいないと思う。暗記ものの教科のほうが理数科目よりは得意ではあるが、その程度だ。第一、会ったことのある人間の顔を覚えているのは普通じゃないのか？

それを聞くと徳永は笑って話を切り上げてしまった。そのうちきちんと説明してくれるといいのだが。

にしてもたった二人のチームとは、この先が思いやられる。いつかは打ち解けてくれる日が来るんだろうか。ちらと顔を上げ、隣の席を見やった瞬の目に、真剣にファイルを見つめる徳永の、端整な顔が映る。

どこかで見た記憶があるようなないような。もしや警察学校で一度くらい擦れ違ったかもしれない。どこでだったかな、と考えつつも再び視線をファイルに戻した瞬の耳に、徳永の声が響く。

「変装は勿論《もちろん》、整形している可能性も高い。特徴をしっかり覚え込むんだ。あとでテストをするからな」

「はい」

加齢により顔が変わるのは当然のこと。整形や変装も犯罪者であればするに決まっている。一体何をテストしようというのか。

疑問は尽きないが、取り敢《あ》えず指名手配犯の顔と名前を覚えることにしよう。そう思いながらページを捲っていた瞬は、いつしか徳永がそんな彼の姿を凝視していることにも気づかずにいたのだった。

「ただいま」

その日の夜、十九時過ぎに帰宅した瞬を、同居人である佐生正史《さそうせいし》が驚いた顔で出迎えた。

「あれ？　配属初日なのに、歓迎会とかなかったわけ？」

佐生と瞬は幼馴染《おさななじ》みで、かれこれ二十年来の友人である。昨年、瞬の父親が勤務先からジャカルタ駐在を命じられ、瞬の母親と共に赴任《ふにん》したのを機に、佐生が瞬の家に転がり込んできたのだった。

佐生は瞬とは同い年の二十五歳で、現在二浪して入った私大の医学部の五年生である。百八十センチの長身は、ひょろっとした風体から更に高く見える。頭が小さく足が長い、いわゆるモデル体型の上、顔立ちも『いいところのお坊ちゃん』風で整ってはいるのだが、無精髭《ぶしょうひげ》を常に生やし、伸び放題の髪を後ろで一つに束ねているという状態であるため、『整っている』ことに気づく人はあまりいない。

彼の叔父《おじ》は都内でも有名な大病院の院長であり、息子がいないために病院を継いでほしいと言われているのだが、佐生自身には将来かなえたい人生の『夢』があり、しかし叔父への恩義ゆえ叔父の夢をかなえないとはなかなか言えず——というわけで、叔父の家を出て瞬の家に居候《いそうろう》を決め込んでいる。

彼の夢というのは小説家になることで、大学の医学部に籍を置きつつ、学校へは殆《ほとん》ど通わず、日々、瞬の自宅でミステリー小説の原稿を書いてはあらゆる賞に応募している。

最初は箸《はし》にも棒にも引っかからなかったのが、最近では最終選考まで残るようになったというが、未だ、デビューの道は開けていない。そんな彼との同居を受け入れ、生活面の面倒を見るその主な理由は『友情』ではあったが、佐生の生い立ちがいささか特殊なものであるという『同情』もないとはいえなかった。佐生の叔父が、甥《おい》がまともに大学に通っていないことはわかっているだろうに、キツいことを言ってこないのもまた、その『生い立ち』に対する同情が理由となっているのではと、瞬はそう考えていた。

「歓迎会なんてないよ。たった二人のチームだったし」

佐生はまた、リビングでだらだらしていたらしく、テーブルには漫画雑誌やら間食に食べたらしいポテトチップスの袋やらが置かれたままになっている。

やれやれ、と溜め息をつきつつも答えた瞬に、佐生は、

「え？　二人？」

と驚いてみせたが、瞬の目線でまずは片付けと思ったらしく、慌てた様子でポテトチップスの袋を縛《しば》り、雑誌を床へと落とした。

「いや、なんかヒントがないかと思ってさ。新作を今、書こうとしているんだけど……って、ああ、そうだ。飯、食べた？　まだなら何か作るよ」

言い訳がましいと自分でも感じているのか、照れくさそうにしながら声をかけてくる佐

生は瞬と同居を始めてから料理に目覚めたとのことで、食事の仕度《したく》は彼担当となった。とはいえ朝に弱いので作ってくれるのは夕食のみなのだが、家にあった瞬の母の料理本を見ながら、順調にレパートリーの数を増やしている。

「パスタならすぐできる。それともカレーにしようか。ご飯さえ買ってくればこの間冷凍したのをすぐ食べられる。ご飯、買ってくるよ」

「いや、いいよ。今日はピザでもとろう」

瞬の家は新高円寺《しんこうえんじ》にあるマンションなのだが、徒歩五分圏内にはコンビニもスーパーもない。『買ってくる』と佐生は言ったが、まずは顔を洗え、という状態の彼を行かせるには仕度にも時間がかかるだろうし、何より瞬はすぐにもビールが飲みたかった。

愚痴《ぐち》も零《こぼ》したかったし意見も聞きたい、というわけで、一歩も外に出ず、かつ、すぐに会話に持っていけるには、と、出前を選択したのだが、選んですぐ後悔《こうかい》することとなった。

「ピザもいいけど、出前ならエスニックにしない？　この間ネットで見ていて、これ、頼んでみたいっていうのがあったんだよね」

佐生は在宅している時間が長いこともあり、よく出前を取るのだが、あるとき出前サイトを見つけたことをきっかけに、出前オタクになってしまった。

もともと、スイーツでもなんでも『お取り寄せ』が好き、かつ、スイーツはどこどこの何が好き、という、マニアックといってもいいような趣味があり、瞬もときどき食べ歩きや購入に付き合わされる。

「あ、運がいい。三十分待ちだ。メニューは任せてもらっていいかな？　特別食べたいものってある？」

うきうきした様子でタブレットを操作している佐生に瞬は「任せるよ」と言い置くと、まずはスーツを脱ぎに行こうと自室へと向かった。

瞬はもともとの自分の六畳《じょう》の部屋を使い、居候の佐生は瞬の両親が寝室にしていた八畳の部屋に寝泊まりしている。両親のベッドが置きっぱなしなので、普段、佐生はダイニングテーブルで小説を書いているというが、今日は一日リビングでだらだらしていたようだなと思いながら寝間着代わりのTシャツとスウェットに着替え、リビングダイニングに戻ると、既に佐生は注文を終えていたようで、

「お疲れ」

と瞬に缶ビールを差し出してきた。

「発泡酒《はっぽうしゅ》じゃなく、スーパードライにした。無事に初日を終えたお祝いに」

「ありがとう。しかし無事だったかとなると……」

わからない、と唸《うな》った瞬を、

「まあ飲もう」

と佐生が促し、二人はダイニングのテーブルで向かい合わせに座った。

「乾杯」

「乾杯」

ビールの缶を合わせたあと、佐生は美味《おい》しそうにごくごくと半分くらいビールを飲み干すと、

「で？」

と瞬に問いかけてきた。

「二人のチームって、瞬は花の捜査一課に配属されたんじゃないのか？」

「されたと思ったんだよ。辞令にはそう書いてあった」

「捜査一課に二人のチームなんてあるんだ？」

「あったんだよ。あ、これから話すことは口外禁止だから！　誰にも喋《しゃべ》るなよ？　あと、本のネタにもしないように。わかってるな？」

瞬がしつこく念を押したのは、今まで佐生には何度か、小説のネタにされたことがあるからだった。

ネタといっても、昔の恋愛エピソードとか、父親の仕事について等だが、事前の許可は

なく原稿があがってから、『書いたけれどいいか?』と聞いてくる。

今度もそれをされたらたまらない、としつこいくらいに強調した瞬に、

「オフレコだろ? わかってるって」

と、本当にわかっているのか、といった軽い調子で佐生は頷《うなず》くと、

「で?」

と身を乗り出し、話の続きを促した。

それからデリバリーのエスニック料理が届くまでの間で瞬は、自分が配属されたのが『特殊能力係』――略して『特能係』というチームであることや、執務室は地下二階の書庫の中にあること、チームには自分以外は上司である徳永という係長一人しかいないことを説明した。

「生春巻き、パッタイ、それからこれ、タイ風さつま揚げにヤムウンセン。あとは定番だけどグリーンカレーな。パクチーも多めにもらった。あ、お前、パクチー苦手だったか?」

料理が来ると佐生は取り皿を用意してくれ、今度は食べながらあれこれと尋ねてきた。

「特殊能力係って凄《すご》いじゃないか。お前に特殊能力があると見込まれたってことだろう?」

「俺に特殊能力なんてないし、別に特殊な能力が必要な仕事とも思えないんだよな」

パクチーは特別好きではないが、食べられなくもない。しかしないほうが美味しいかも、と避けて食べながらそう告げた瞬に、

「どんな仕事？」

と佐生が問うてくる。

「あ、言えないなら言わなくてもいいよ」

「絶対人に言うなよ」

再度確認をとってから瞬は、業務の内容を説明し始めた。

「見当たり捜査ってわかるか？」

「ああ。前にテレビで見たな。指名手配犯の写真を何百枚も覚えて逮捕する警官だよな。小説のネタになりそうだと思ったんだ」

「頼むから今はネタにしないでくれ」

疑われる、と瞬は焦って念を押し、

「それなんだよ」

と頷いてみせた。

「それって？　見当たり捜査官になるのか？」

「そう。特殊能力じゃないだろう？」

問いに問いで答えた瞬の言う意味が佐生にはわからなかったようで、

「何が？」

と問い返す。

「指名手配犯の写真を覚えることだよ」

「写真は一枚二枚じゃないんだろう？　何百枚も記憶しなければならないというのは、充分特殊能力じゃないのか？」

今一つ、瞬の言うことが理解できていない様子の佐生が問うてきたのに、瞬は、

「人の顔だぞ？」

と、再度そう、確認をとった。

「え？」

やはり意味がわからない、というように首を傾《かし》げた佐生に瞬は、

「犬や猫じゃない。人の顔だ。覚えていて当然じゃないのか？」

と、不思議でたまらなかったことを告げ、答えを待った。

「…………えーと？」

佐生は尚も首を傾げていたが、疑問が晴れることがないと思ったのか、

「ところでさ」

と問いを変えてきた。

「なんでお前がその『特能係』に配属されたんだ?」

「ああ、警察学校の授業で、ドッキリみたいな科目があったんだ。突然飛び込んできた予定外の人物の外見の特徴を説明するというものだったんだけど、それが数日前の授業で見かけた警官だったのでそう言ったからだと言われた。なぜか他の皆は気づかなかったみたいで……」

なぜそれが決め手だったのかも、なぜ他の生徒がわからなかったかも、理解できない、と首を傾げつつビールを呷《あお》る瞬を、暫《しばら》く佐生は見つめていたが、

「もしかして」

と思い当たることがあったのか、目を見開いた。

「え?」

「いや、高校生のときだったか、一緒に歩いているときお前、急に擦れ違ったおじさんを追いかけていったことがあったよな?　俺も驚いてお前を追いかけたら、実はそのおじさん、俺たちが子供の頃、迷子になって泣いていたときにジュースをおごってくれて警察にも連れていってくれた人で。俺はまったく覚えてなかったし、おじさんも最初なんのこと

かわからないって顔してたけど、お前の説明聞いて思い出して……」

「ああ、あったな。そんなことが」

それが？　と訝《いぶか》りながらも頷いた瞬を見て、

「ようやくわかった」

と佐生が笑う。

「お前にとっては人の顔を覚えることは当たり前のことなんだな？　それが何年前に会った人間でも、何百人であっても？」

「…………ああ？」

頷いてから瞬は、まさか、と佐生に問いを返す。

「もしかして、皆は違うのか？」

「なるほど。自分にとっては当たり前のことだから、皆もそうだと思ってたんだな、瞬は」

佐生は納得したように頷いたあとに、瞬にとっては衝撃的なことを告げた。

「普通は一度会ったくらいの人間の顔は覚えてないもんだよ。よほど印象的じゃなければ。それにいつまでも覚えていられるものでもない。お前はそうじゃないみたいだな？」

「……人……の顔なら。犬猫は無理だ。猿も」

「普通は人間だって覚えちゃないんだよ」

なぜ猿、と噴き出しながらもそう続けた佐生を瞬は見つめ、彼が冗談や嘘を言っているわけではないとようやく信じることができた。

「普通……じゃないのか、俺は」

「いい意味でね。それこそ『特殊能力』ってことだろう。指名手配犯五百人、もう覚えたんだろう？」

「ああ。一度見れば覚えるから……」

頷いてから瞬は、それを聞いた佐生が、ヒュウ、と口笛を吹くのを見て、改めて自分の『特殊性』に気づかされたのだった。

「普通はそうじゃないんだな」

「『普通』と違うことは何も、悪いことじゃないんだぞ。わかってるだろうけど」

佐生が苦笑しつつそう言い、ビールの缶を翳《かざ》してみせる。

「お前の特殊能力に乾杯しよう。その能力のおかげで、捜査一課配属になったんだから」

「……まあ、そうだよな。たとえ地下二階が職場でも」

うん、と瞬は頷いたものの、未だ、違和感を捨てきることができずにいた。

自分が『普通』と思っていたことが『普通』ではなかったと言われても、俄《にわか》には信じがたい。それゆえの違和感だったのだが、その『普通』でないことが認められた結果の今の職場か、と考えると違和感も少し薄れてきた。

成績が飛び抜けて優秀だったわけでもない自分が最初から本庁勤務となれたのも『普通』ではなかったからだろう。

しかし本庁といっても、夢に見ていた刑事の仕事とは微妙にズレている気がするのだが。内心、首を傾げつつも、幼馴染《おさななじ》みの祝福はやはり嬉しく、差し出されたビールの缶に瞬もまた自身の缶をぶつけ、二人して笑いながら一気に残りを呷ったのだった。

2

翌日、瞬は定刻よりも随分《ずいぶん》早く職場である警視庁の地下二階に出勤したのだが、既に徳永はデスクに座ってコーヒーを飲みながら指名手配犯の写真を収めたファイルを眺めていた。

「おはようございます」

「早いな」

書類から目も上げず、徳永はそう言うと、顎《あご》を部屋の奥へとしゃくってみせた。

「コーヒーメーカーが奥にある。お前もコーヒーを飲むなら明日から当番制にする」

「え？　いや、俺がやりますよ。新人なので」

警察は縦社会じゃなかったのか、と驚きながらも瞬は慌ててそう言うと、

「コーヒー、いただきます！」

と本棚《ほんだな》の奥へと向かった。

「…………」

そこにはコーヒーメーカーはあった。しかしコーヒーカップはない。これでどうやって飲めというのか、と考えていたところ、背後から徳永の声が響いてきた。

「紙コップが引き出しに入っている。自分のカップを持ってくるのでもいいぞ」

「あ……りがとうございます」

コーヒーメーカーの載ったデスクの引き出しを開けると確かに紙コップが入っていた。他にシュガーと粉ミルクもあったが、もともとブラック派だった瞬は紙コップだけを取り出し、コーヒーを注いだ。

同じところにコーヒーの豆や粉が入っていることを確かめ、明日からはこのセッティングは自分がやることとしようと心に決めた。

コーヒーは予想以上に美味《おい》しかった。徳永にはコーヒーにこだわりがあるのかもしれない。同居の佐生も相当コーヒーにはこだわりがあり、最近は阿佐ヶ谷《あさや》のなんとかいう店で自家焙煎《ばいせん》したものがお気に入りとのことでよく買いに行っている。

徳永も同じタイプだったりして、と思いつつ席に戻ると、徳永は相変わらず指名手配犯の写真を眺めていた。

「あの」

真剣な表情で写真を見つめる徳永の邪魔をするのは申し訳ないとは思ったが、昨夜、佐生との会話から導き出した結論を確かめたい欲求を抑えることができず、瞬はおそるおそる話しかけた。

「なんだ」

ファイルから目を上げることもせず、徳永が答える。

「俺が……自分がここに配属されたのは、一度見た人間の顔は忘れないことが『特殊能力』とみなされたからですか？」

「………」

それを聞いた徳永が顔を上げ、まじまじと瞬を見つめてくる。

「今、なんて言った？」

「え？」

どの部分だろう、と疑問を覚えつつ、瞬は自分が告げた言葉を繰り返す。

「自分がここに配属されたのは……」

「そこはいい。次だよ」

苛《いら》ついた様子で先を促され、慌てて言葉を続ける。

「一度見た人間の顔は忘れないことが『特殊……』」

「本当か？　一度見た顔は忘れないのか？」

食い気味で確認を取ってきた徳永に、それほど驚くことなのかと、逆に驚いてしまいながら瞬は、

「はい」

と頷《うなず》いた。

「どのくらい覚えていられる？」

「どのくらいって量ですか？　期間ですか？」

「両方！」

今や徳永の目は爛々《らんらん》と輝いていた。

「期間は物心ついたときから今まで。量は……どのくらいなんだろう。数えたことありませんが、特に限界はないような……」

「お前、物心ついたのいつだ？　高校生とか言うなよ？」

コーヒーを飲む暇を与えず、徳永が問いを重ねる。

「さすがにそれはないです。ええと、五歳くらいかな。いや、三つのときの記憶もうっすらありますね」

「それから今まで会った人間、全員覚えていると言うのか？」

徳永の眉間《みけん》に縦皺《たてじわ》が寄る。

「顔だけなら」

名前は、全員となると覚束《おぼつか》ない。ここ数年であればなんとか、と首を傾《かし》げながら瞬は、もしや信用されていないのかと、ようやく徳永の眉間の皺の意味に気づいた。

「この人、見たことある、とわかるくらいです。それは『覚えている』ことにはならないですかね」

「……『見たことある』人間って何万人……いや、何十万人、何百万人いるはずだぞ？　街中ですれ違った人間だって『見たことがある』に含まれるんだろう？」

意識してみると徳永の表情は懐疑《かいぎ》的であることがわかる。自分にとっては『当たり前』なので考えたこともなかったが、やはり『特殊』だったのか、と今、瞬は改めて自分が人にない能力を持っていることに気づきつつあった。

「勿論《もちろん》、濃淡はあります。同じ小学校の生徒はちゃんと覚えていますが、街中ですれ違った人は見かけたかも、くらいです。渋谷《しぶや》のスクランブル交差点の向こうにいる集団とかは、距離もあるし一人ずつ見ているわけじゃないのでさすがに覚えてはいないかも……。あと、いつどこで見たか、といったことは思い出すのに時間がかかったりもします。時間が空くと思い出せないこともありますね……」

「…………」

瞬が話せば話すほど、徳永の表情が茫然《ぼうぜん》としたものになる。が、問いが途切れ、瞬が口を閉ざすとようやく彼は我に返った顔となり、自身が開いていた机上《きじょう》のファイルへと視線を落とした。

「……昨日、お前はこのファイルを一度しか見ずに閉じたな？」

問いながら徳永が再び顔を上げ、瞬を見る。

「はい」

「一度見れば覚えるからか？」

「はい」

頷いてようやく瞬は、ファイルを返したときに徳永がむっとしている様子だったことを思い出した。テストをすると言っていたのに、もう帰っていい、と言われて帰宅したのだ。不真面目《ふまじめ》と思われたということか？　しかしちゃんと全員見たし、と言葉を続けようとした瞬の横で徳永は、

「待ってろ」

と告げたかと思うと、デスクの引き出しを開け、数枚の写真を取り出した。

「この中にファイルにあった人物は何人いる？」

写真は全部で六枚あった。渡された写真を瞬は、これは見た、これは見ない、これは少々顔が違うがおそらく同一人物、と仕訳けていった。

「この二人が同じ写真、この一人はファイルと比べると目を整形して口髭《くちひげ》を生やしているのだと思います。あとの三人はファイルにはありませんでした」

「……………………」

徳永は瞬がデスクの上に分けて並べた写真を見やり、次に瞬の顔を見やった。

「正解だ」

ぼそ、と呟《つぶや》くその表情は彼が『不可解』と思っていることをありありと物語っていたが、どうやらこれで瞬の言葉が嘘ではないと認めてくれたらしかった。

「一度見れば覚えられる……凄《すご》いな、お前」

溜め息交じりにそう言うと徳永は、

「よし、行くぞ」

と立ち上がった。

「えっ」

どこへ、と瞬が問うより前に、答えが徳永の口から発せられる。

「新宿《しんじゆく》駅だ。今日は新宿で張り込む。手錠《てじよう》は持っていけ。拳銃は持つ必要はない」

「はい！　わかりました」

唐突《とうとつ》な徳永の指示に、戸惑いはした。が、いよいよ『刑事』としての毎日が始まるのだと思うと自然と気持ちは高揚《こうよう》してきた。

新宿の街で指名手配犯を見つけることができるといい。強い願いを胸に徳永に続き執務室を出る瞬の頰《ほお》は紅潮し、瞳は彼の抱く期待を物語るかのごとく、キラキラと輝いていたのだった。


新宿への移動手段は地下鉄で、駅に到着すると徳永は瞬をまずは東口のアルタ前に連れていった。

「午前中はここだ。午後は歌舞伎町《かぶきちょう》で張り込むことにしよう」

「……はい。あの……」

どこにいればいいのか、と周囲を見回した瞬に徳永は、

「好きなところで待機しろ。あまり長時間、同じ場所にはいないように。目立つからな。十一時には切り上げる」

淡々と言葉を続けると、

「それじゃ」

とその場を去ろうとした。

「あ……」

未だ、指示されたことを把握《はあく》できていない。が、問い返すチャンスを徳永は与えてくれなかった。

長身の徳永の後ろ姿が、あっという間に人波に紛《まぎ》れていく。暫《しば》し呆然《ぼうぜん》と立ち尽くしていた瞬だったが、間もなく我に返ると、さて、どこで待機しようかと再び周囲を見渡した。

長時間同じ場所にはいるなと言われた。駅からは次々人が吐き出されてくる。見張るならやはりそっちかなと瞬は待ち合わせを装《よそお》い、アルタ前に立った。

ちょうど信号が青になり、駅から自分のほうへと向かってくる群衆の顔、一人一人を識別すべく意識を集中する。

もう少しゆっくり動いてくれるといいのだが。次々と通り過ぎていく人々の顔を追い切れずにいた瞬だったが、すぐ、一人一人ではなく視野を広く見ようと意識を変えた。

ひっかかりがあればきっと、気づくはずだ。自分を信じることから始めよう。自身に言い聞かせ、人々の顔を眺める。

そのうちに目が慣れてきて、瞬の気持ちも落ち着いてきた。あまり長時間は同じ場所にいるなと言われたことを思い出したのは、アルタ前に到着してから三十分が経過した頃だった。

移動しないといけないが、次はどこで待機しようか。とりあえず横断歩道を渡って、と視線を向けた先、瞬の視界を見覚えのある男の顔が過《よぎ》った。

「え?」

間違いない。ファイルにあった男だ。三十七ページ目。名前は確か、山田三郎《やまださぶろう》。変名のようだと思ったので特に印象に残っている。写真より多少、年齢を重ねており、太ってもいるが間違いない。

確信したと同時に瞬は男に向かい駆け出した。突然瞬が走り出したものだから、交差点を渡ってくる人々が一様に驚いた顔になる。

男も——推定山田三郎も同じく驚いたように目を見開いたが、瞬が自分に向かってくるとわかるとすぐに背を向け反対方向に駆け出した。

いきなりの方向転換に、背後を歩いていた皆が戸惑い足を止める。そんな通行人たちを押しのけ駆け去ろうとする山田の背に向かい、瞬は思わず叫んでいた。

「待て! 山田三郎!」

どうやら本人だったようで、肩越しに振り返った男の顔には怯《おび》えがあった。血走った目を前に向け、何事かと足を止めた通行人の中、若いＯＬに飛びかかろうとする。

しまった。人質にとるつもりかもしれない。そう察しはしたが、山田までまだ距離がある上、立ち止まった通行人たちが障害となり、瞬は何をすることもできずにいた。

ＯＬがあげた悲鳴が周囲に轟《とどろ》く。山田がＯＬの腕を掴《つか》もうとしたそのとき、目にもとまらぬ速さで一つの影が山田に向かっていった。

低い体勢から山田へとタックルを決め、路上に倒す。

「離せ！　離せよう！」

喚《わめ》きたてる山田をすぐさま路上から起こしたかと思うと、周囲の皆が立ち尽くす間を縫《ぬ》い、駅の方向へと引きずっていこうとしているのは――徳永だった。

やがて信号が赤に変わり、信号待ちの車がクラクションを鳴らす。徳永と山田を目で追っていた通行人たちは皆、気にしつつも慌ててそれぞれの方向へと道を渡っていった。

瞬もまた、徳永のあとを追い、赤信号となってしまっている中、クラクションを浴びながら駅へと向かって走る。

「あの……っ」

瞬が近づいていったときには既に徳永は、山田の背中に回した両手に手錠をかけていた。

それで観念したのか、項垂《うなだ》れていた山田の腕を掴んだまま、厳しい口調で瞬に指示を出す。

「捜査一課に至急連絡を。逃走中の山田三郎を確保したのですぐ車を回すようにと」

「わ、わかりました……っ」

昨日のうちに緊急時の連絡先はスマートフォンに登録させられていた。瞬は慌ててスマホをポケットから出そうとしたが、気持ちが昂《たかぶ》っているせいか指先が震え、地面に落としてしまった。

「あっ」

画面にヒビが入ったことで思わず声を上げた瞬に、徳永の厳しい声が飛ぶ。

「何をしてる。早くしろ」

「は、はい……っ」

与えられて一日目でもう画面を割ってしまった、などと嘆《なげ》く気持ちの余裕はなく、瞬は慌てて連絡先を呼び出すと、指示されたとおり捜査一課に連絡を入れたのだった。

通報後、五分もしないうちに覆面パトカーがサイレンを鳴らして新宿駅前に到着した。

「山田三郎ですか。指名手配されたのは七年前でしたっけ。さすがですねえ」

覆面パトカーから降り立ったのは小池《こいけ》で、徳永から山田を託され、車の後部シートに押し込みながら、感心した声を上げる。

「俺じゃない。新人だ」

自分もまた後部シートに乗り込もうとする小池に徳永がそう声をかける。

「へえ」

小池は一瞬動きを止め、驚いたように瞬を振り返ったあと、ニッと笑いかけてきた。

「やるな、新人。さすが徳永さんが見込んだだけのことはある」

「いや、その……」

全然『やれて』いなかった。ただ突っ立っていただけで。反省しかない、と告げようとするのを待たず小池は車に乗り込みドアを閉めてしまった。

走り去る覆面パトカーを見送っていた瞬の耳に徳永の声が響く。

「よく見つけた。だが見つけたあとが酷《ひど》い」

「……はい……」

本当にそう思う。反省しつつ振り返った瞬だったが、てっきり厳しい顔をしていると思われた徳永が微笑《ほほえ》んでいるのを見て、意外さから思わず、

「え？」

と声を漏《も》らしてしまった。途端に徳永の頰から笑みが消え、眼差《まなざ》しに厳しさが増す。

「俺も悪い。警察学校出たてがここまで何もできないとは思っていなかった」

「……っ」

目つきもキツいが言葉もキツい。絶句するしかなかった瞬に対し、徳永が淡々と説明を始める。

「指名手配犯を見つけたらまずは俺に連絡、何より相手に気づかれないよう心がける。二人揃《そろ》ったところで本人か確認を取り、逮捕だ。間違っても駆け寄ったり、名前を叫んだりしないこと。わかったな?」

「……はい……」

懇切丁寧《こんせつていねい》な説明を聞くうち、瞬の頬には血が上ってきてしまっていた。

わかりきったことだと思う。しかし自分はまったくできなかった。情けない。しかし落ち込んでみせるのも悔《くや》しい上に、落ち込むくらいなら最初からやるな、と更に叱責《しっせき》されそうで、ただ、頷《うなず》くしかなかった瞬に、徳永はひとこと、

「二度、同じことは言わせるなよ」

と念を押し、話を終わらせた。

「予定より早いが場所を移動する。新宿は騒ぎとなったので錦糸町《きんしちょう》にしよう。行くぞ」

「はい」

『行くぞ』と言ったときにはもう視線を前に向け歩き出していた徳永のあとに、瞬は慌て

て続いた。

少し前を歩く徳永は、移動の最中もちらちらと周囲に目を配っているのが顔の動きでわかる。

項垂れている暇はない。自分も同じように注意深く周りを見なければ。必死に自身を鼓舞しながらも、先程の山田逮捕の際の自分のできなさ加減がフラッシュバックのように次々頭に浮かび、溜め息が漏れそうになる。

溜め息などつこうものなら、更に呆《あき》れられるに違いない。そう思い堪《こら》えたはずなのに、徳永にはちらと振り返られてしまい、瞬は焦って唇を引き結んだ。

徳永の、眼鏡《めがね》の奥の目は相変わらずきつかったが、何を言うこともなく再び前を向く。歩調が一段と速くなったのに気づき、瞬もまた足を速めながら、気持ちを切り換えようとしたのだったが、結局その後も自分のミスを気持ちの上で引き摺《ず》ることになってしまった。

錦糸町で三時間ほど過ごしたあと、場所を東京駅に移したが、その日は指名手配犯を見つけることはできなかった。

「今日はこの辺にしておこう」

職場に戻る必要はない、ここで解散、と徳永に言われたとき、疲れ果てていた瞬は内心、助かった、と安堵《あんど》していた。

「それじゃ、明日」

「お疲れ様でした」

徳永は丸ノ内《まるのうち》線へと向かっていく。瞬も乗るなら丸ノ内線だったが、同じ路線に向かうのを足が拒否し、そのまま八重洲《やえす》口へと向かった。

大丸《だいまる》の地下で何か買っていこうか。何が食べたいか、電話してみよう、とスマートフォンを取り出し、画面に入ったヒビを見てつい、溜め息を漏らす。

修理に出そうか。シートを貼って誤魔化《ごまか》すか。この程度のヒビなら放置でいいだろうか、と思いつつ瞬は佐生の番号を呼び出し、かけはじめた。

『どうした?』

すぐさま応対に出た彼に、何か食べたいものはないかと尋ねると、

『夕飯、もう作ったから早く帰ってこいよ』

という答えが返ってきた。

「甘いモンでもいいよ」

菓子好きを知っていたのでそう告げたが、佐生の答えは、

『そっちもある』

で、それなら、と瞬は丸ノ内線へと向かうことにした。

時間も経っているし、とっくの昔に徳永は地下鉄に乗っているだろうと思いつつ地下に下りた瞬の視界に、徳永の姿が飛び込んでくる。

「え？」

思わず声を漏らしてしまったせいで、改札近くの柱に背を預けていた彼と目が合ってしまった。

「あ、お疲れ様です」

まさか自分を待ち受けていたのでは。一瞬そう思ったものの、そんなわけがない、と頭の中で即座に否定した瞬に徳永が話しかけてくる。

「お前も丸ノ内線か」

「あ、はい」

頷いてから瞬は、なのに八重洲口に向かったのはまるで徳永を避けていたようかと気づき、慌てて言い訳を始めた。

「あの、大丸の地下で何か買っていこうかと思って」

しかし今は手ぶら。今の言葉は誰が聞いても口から出任せととられるに違いない。しかしここで『そうじゃない』と言えばますますドツボにはまる。そうならないためにも、と瞬は徳永の相槌《あいづち》を待たず、一気にまくし立てた。

「でも同居人がもうメシを作ってるし、菓子もあるからそのまま帰ってこいと言うので帰ることにしたんです」

「同居人？」

あまり興味なさそうな様子だった徳永がここで、聞き捨てならないというような顔になった。

「人事からは一人暮らしと聞いているぞ。ご両親は今海外で、留守宅に一人で暮らしているんじゃないのか？」

「あ、はい。そのとおりです」

「なら同居人というのは？」

ずい、と一歩近づき、問い詰めてきた徳永に瞬は、

「幼馴染《おさななじ》みです」

とあるがままを答えた。

「幼馴染み……」

予想していた答えと違ったのか、徳永が戸惑った顔になる。

「はい。自分が一人暮らしになったのを機に、転がり込んできたんです。ちょっと色々事情があって……」

そうしたこともきっちり、伝えておかなければならなかったのだろうか。家族関係については提出を求められたが、佐生は『家族』ではないので報告不要と思っていた。もしや、反社会的勢力とのかかわりなどを疑われているのか？　警察官なら身辺は身ぎれいにしておけと、そういうことだろうか。

それなら心配無用、と続けようとした瞬から目を逸《そ》らし、徳永がぼそりと告げる。

「同棲《どうせい》していることを責めているわけではない。一人暮らしと聞いていたので確認を取っただけだ」

「同棲じゃないです。同居です」

変な言葉のチョイスだなと戸惑いながらも返すと、

「同居というのは結婚を前提にしていないということか？」

眉間《みけん》にくっきりと縦皺《たてじわ》を刻みながら徳永が問いかけてくる。

「え？　あ、違います。男です。友達と一緒に住んでるんです」

「ああ……」

なんだ、というように息を吐いた徳永が、はっとした顔になる。

「いわゆるそういう仲か？」

「違います。友人です。ただの」

男二人の同居というのはそうも違和感があるものだろうか。首を傾《かし》げつつも、誤解は避けたい、ときっぱりと言い切った瞬を徳永は一瞬、じっと見つめたあと、すぐにすっと目を伏せ、口を開いた。

「悪かった。別に性的指向についてどうこう言うつもりはなかった」

謝られたが、何か違う、と瞬は一応、訂正《ていせい》を入れておくことにした。

「ええと、ですから本当に友人です」

「わかってる」

即座に言い返され、安堵した瞬だったが、

「帰宅を邪魔して悪かったな」

と続いて謝られ、まだ誤解は解けていないのかもしれないと内心溜め息を漏《も》らした。

「また明日」

会釈《えしやく》をし、去ろうとする徳永は一体何をしていたのだろう。今更の疑問が芽生《めば》え、瞬はつい、彼を呼び止めてしまった。

「係長はどうしてここに？」

「え？　ああ……」

足を止め、振り返った徳永はやや、バツの悪そうな顔をしていた。

「?」

何か聞いてはいけないことを聞いたのか、と首を傾げた瞬だったが、徳永がぼそぼそと続けた言葉を聞くうち、笑いそうになるのを堪えねばならなくなった。

「いや……新人のお前が初日から一人逮捕したということで発憤《はっぷん》したというか……一人で捜査は行うべきではないとお前に注意しておきながらその……面目ない」

「いえ……いえ。そんな」

わかりやすい負けず嫌いと、そういうことか。しかし笑いでもしたら睨《にら》まれるに決まっている、と瞬は顔を伏せた。

「俺は一度署に戻る。お前も丸ノ内線か?」

「はい」

「行くか」

そう言い、顎《あご》をしゃくってみせた徳永の表情はすでに、いつもの彼の、クールなものに戻っていた。

「はい」

とっつきにくいと思っていたが、意外な一面を見ることができて随分《ずいぶん》と印象が変わった。縁無し眼鏡やかっちりした髪型、服装、それに物言いから受ける印象は、クールで人当たりが悪い、不遜《ふそん》、というものだった。が、思った以上に熱い男なのかもしれない。

となると自分とマインドが近いかも。自然と顔が笑ってしまっていた瞬に徳永が声をかけてくる。

「明日も頼むぞ」

「はい！」

声まで弾んでしまった瞬を、徳永がちらと一瞥《いちべつ》する。相変わらず視線が厳しいことで浮かびかけた笑みは肌の奥へと引っ込んでしまったものの、今や瞬の胸には熱いやる気が燃えていた。


「ただいま」

「お疲れ」

帰宅した瞬を迎えた佐生は、見るからに機嫌がよさそうだった。

「どうした？」

「今日、叔母《おば》さんが来たんだよ。コレ持って」

笑顔で佐生が持ち上げたのは、ピンク色の四角い缶だった。

「なにそれ」

「クッキー。村上開新堂《むらかみかいしんどう》。聞いたことない?」

「ない」

佐生は洋菓子和菓子問わず、どこどこの何、といった情報に詳しく、自分でもよく取り寄せたり並んで買ったりしていることは瞬も知っていた。が、瞬には特にそうしたこだわりはなく、スナック菓子でもお取り寄せ菓子でも、美味《おい》しいものは美味しいし、イマイチなものはイマイチに感じると言っては佐生にありがたみのわからないやつと呆《あき》れられている。

「予約待ちが既に一年といわれている人気のクッキーだよ。叔父《おじ》さんは甘いもの苦手だし、叔母さんはダイエット中ということで、貰《もら》いものがコッチに流れてきたんだ」

ついでに料理も作ってきてくれた、と、佐生はダイニングのテーブルに並んだ筑前煮《ちくぜんに》やハンバーグを示してみせた。

どちらも佐生の好物で、叔母の愛情が感じられる。

「俺までお相伴《しょうばん》にあずかっていいのかな」

「勿論《もちろん》。お前によろしくって言ってたよ。警察官と同居なんて、これ以上安心なことはないって」

「…………」

叔母もいまだに佐生の『生い立ち』について、気にしているということだろう。自分がそうであるように、と、瞬は笑顔の佐生を見ながらそう思いはしたものの、本人に言うことではないかと心に留めておくことにした。

「ご飯も炊《た》いていってくれたし、掃除《そうじ》までしてもらってしまった。風呂も洗ってくれて、なんだか申し訳なかったよ」

しかし佐生があまり『申し訳ない』という様子でもなく、へらへら笑いながらそう告げたのには、

「お前なあっ」

いい加減にしろ、とつい、怒声を上げてしまった。

「叔母さんこきつかってどうするよ」

「使ってないよ。これも叔母孝行だって。叔父さんはなんでも自分でやってしまうので、世話を焼く人がいなくなってつまらないって言うからさ」

「本気にとるなよ。だいたい、部屋散らかしてるのはお前だけだろ？　俺までお前の叔母さんにだらしがないと思われるのは心外だよ」

「大丈夫大丈夫。叔母さんもわかってるから。お前に面倒かけるからって家賃を払おうとしてたのをなんとか断ったんだぜ」

「当たり前だ！　てか払うならお前が自分で稼《かせ》いで払えよ」

自宅であるので家賃をとるつもりはない。光熱費は瞬の母が、留守番を頼むのだからと今までどおり父親の口座からの引き落としでいいと言ってくれていたので、これもまた負担してもらわずともいいと考えていた。しかし甘えすぎはどうかと思うぞと瞬が睨むと、

「面目ない」

と佐生は頭を下げたものの、あまり『面目ない』とも思っていなかったようで、

「とにかく食べよう」

とすぐに顔を上げ、笑顔で食卓へと向かっていった。

やれやれ、と溜め息を漏らしつつも瞬もまた食卓につき、二人して佐生の叔母が作ってくれた夕食を食べ始める。

「仕事はどうだった？　あ、わかってる。オフレコだよな」

食べながら佐生が話題を振ってきたのに瞬は、今日の午前中の逮捕劇を話してやった。

「凄《すご》いな。さすが瞬」

「凄くないんだよ。もう、ボロボロでさ」

話しているうちに、そのときの状況と共に、やりきれない気持ちまで蘇《よみがえ》ってしまっていた瞬は気づかぬうちに項垂《うなだ》れてしまっていた。

「いや、凄いよ。ああ、そういやさっき、ニュースで見た。七年ぶりに指名手配犯が新宿で逮捕されたって。あれがそうか！」

佐生は瞬の落ち込みに気づかず、すっかり興奮している。

「やっぱりお前の特殊能力、凄いな」

「凄くないって。見つけたのは俺だけど逮捕したのは上司だし」

褒《ほ》められれば褒められるだけ、やりきれなさが増す、と首を横に振った瞬の心情が少し伝わったのか、佐生は微妙に話題を逸《そ》らしてくれた。

「そういや上司ってどういう人？　二人きりのチームなんだよな？」

「チームというか係、な。うーん、エリートっぽい……かな」

「階級は？」

「警部だったかな」

「年齢は？」

「いくつだろう。三十代半ば？　いや、もうちょっと若いかも」

「その年齢で警部って本当にエリートだな」

へえ、と佐生が感心してみせる。ミステリー作家志望の彼は、警察についても瞬以上によく調べていた。

「外見は？」

「縁無し眼鏡《めがね》をかけてる。髪型も一糸《いっし》乱れずという感じで整えられていて、そこがエリートっぽいと思った」

「頭脳派って感じ？」

「ああ。でも、運動能力も高そう。俺が逃がしそうになった犯人をあっという間に確保したし。背も高いし結構ガタイもいいかも」

「超人だね。しかも記憶力もいいってことだろう？」

佐生の目が爛々《らんらん》と輝いている。もしや、とある可能性に気づいた瞬は、先に釘を刺しておこう、と口を開いた。

「お前の小説のモデルにするとかはナシだからな」

「わかってるって。事実は小説より奇なりと思ったんだよ。そんなカッコいい刑事がいるんだなって」

僕を信用してくれ、と佐生が笑うのに、

「うん。確かに格好はいいよ」

と瞬も頷《うなず》く。彼の頭にふと、独りで見当たり捜査をしていることを瞬に言わざるを得なくなったときの、徳永のバツの悪そうな顔が浮かんだ。

あれはちょっとカッコ悪かったかも。笑いそうになっていた瞬に佐生が声をかけてくる。

「クッキーも食べるだろう？　本当に美味しいんだよ。紅茶、淹《い》れるよ。コーヒーにする？」

「ありがとう。コーヒーかな」

答えながら瞬は、明日は少し早めに行き、コーヒーメーカーをセットするのを忘れないようにしなくてはと、思い出した。

「そういや美味しい豆を買ったって言ってたよな。職場に持っていってもいい？」

「ああ、もちろん。豆でいいの？　挽《ひ》こうか？」

叔母には掃除までさせるのに、こうした手間は惜しまない佐生が、嬉しそうにそう聞いてくる。

自分のお勧めが受け入れられると彼は本当に嬉しそうな顔をする。そういうところが憎めないんだよなと思いながら瞬は、明日、佐生お勧めのコーヒーを飲んだ徳永の反応はどうだろうと、たった一人の同じ係のメンバーかつ唯一の上司へといつしか思いを馳《は》せていた。

3

翌朝、前日よりも十五分以上、瞬は早く出勤したつもりだったが、地下二階の職場には既に徳永が座っていた。

「おはよう」

徳永だけでなく、瞬の席には小池が座っており、二人はもうコーヒーを飲んでいる。

「すみません、遅くなりました」

始業といわれる時間まであと一時間以上ある。一体何時に来るのが正解なのだと内心焦りつつ頭を下げた瞬に、

「遅くねえだろ」

と声をかけてきたのは小池だった。

「俺は宿直明けだし、徳永さんはここから徒歩圏内に住んでいる。新人が来るには充分な時間だと思うよ」

よく見ると小池は心持ち眠そうな顔をしていた。コーヒーで眠気をとろうとしていたのかとわかる。

「ありがとうございます」

直接の上司である徳永のフォローがない分、本当にありがたい、と瞬は頭を下げると、持ってきた紙袋から佐生にわけてもらったコーヒーを取り出した。

「ウチから持ってきました。同居人のお勧めです」

「同居人？　なにその言いかた。彼女か？」

小池がにやにやしながら突っ込んでくる。

「いや、彼氏だ」

と、瞬が答えるより前に徳永が答え、フォローはしなくても誤解を招くようなことは言うのだなと瞬はむっとしつつ、訂正《ていせい》を入れることにした。

「ただの友人で彼氏じゃないです」

「あはは、わかってる。その話はさっき聞いたところだった」

「え？」

どういうことだ？　と目を見開いた瞬に、少し興奮した様子で小池が話しかけてくる。

「お前、一度見た人間の顔は忘れないって本当か？」

「え？　あ、はい」

「それ、凄いよな。それで昨日も山田三郎を逮捕できたってことか」

「……逮捕したのは徳永係長ですが……」

下手《へた》をすれば再び逃走されるどころか、犠牲者まで出すところだった。もう二度とあのようなことは繰り返すまいとの反省を胸にそう告げた瞬に、

「見つけたのはお前なんだろ？」

と小池がまた、フォローのような言葉を告げてくれる。

「初日から凄いよ。これからも期待してるからな」

「ありがとうございます。頑張ります」

上司部下という関係ではないからか、また、年齢が——見た目とは違って——近いからか、やはり徳永よりは小池のほうが話し易い。彼がいてくれるだけで、場の空気も和《なご》むな、と、いつしか微笑《ほほえ》んでいた瞬だったが、和みの時間は長くは続かなかった。

「それじゃそろそろ、帰って寝ます」

小池が徳永にそう声をかけたあと、視線を瞬に向ける。

「またな」

「はい。お疲れ様でした」

宿直というものがあるということは、警察学校で聞いてもいた。犯罪はいつ起こるかわからない。常に二十四時間体制で備えるためのものだが、果たして特能係にも宿直はあるのだろうか。

「あの」

それを聞こうとした瞬が、問いを発するより前に、徳永がにべもなく言い捨てる。

「ない」

「え」

「ウチに宿直はない」

一応確認を取ろうと考えていたことも見抜いたのか、徳永はそう言うと、じっと瞬を見据え問いかけてきた。

「普通の捜査がしたいか」

「え？」

突然何を聞かれたのかと、瞬は思わず声を上げた。

「小池がしているような捜査をしたいのかと聞いたんだ」

徳永が問いを説明してくれる。

「はい」

即答してから瞬は、しまった、と慌ててフォローを始めた。

「今の業務がいやだというわけではありません。そもそもこうした仕事があることを把握《はあく》していませんでしたし」

「…………わかった」

説明しきれていない気はしていたが、徳永にそう言われては、瞬はそれ以上、何も言えなくなった。

「コーヒーを飲んだら出かけるぞ。ファイルに追加はないから、お前はもう見なくていいな？」

それまでの話題を終わらせ、徳永がそう、指示を出す。

「見ます。顔は覚えているんですが罪状や名前はうろ覚えのところがありそうで……」

「そうか」

徳永が少し意外そうな顔になる。

「顔は忘れないと言っていたな。名前は忘れることもあるということか？」

「忘れる……というか、昔に会った人だとなかなか思い出せないことはよくあります。いや、忘れてるのかな？　言われて、聞き覚えがあるとは毎度思うんですが、しっかり記憶しているというのは自分の思い込みかも……しれないですね。改めて考えると」

うーん、と瞬は最後には唸《うな》ってしまった。

そう考えると、顔を『覚えている』というのも思い込みのような気がしてしまう。あれだけ皆に驚かれるということは、それこそ『特殊能力』だとわかるだけに、自分に人にはない能力が備わっているとはとても思えない、と瞬はだんだんと自信をなくしてきてしまった。

「思い込みでもなんでも、昨日お前が山田三郎を見つけたことにかわりはない」

いつしか俯《うつむ》いてしまっていた瞬の耳に、実に淡々とした徳永の声が響く。

「……え……?」

もしや気遣ってくれたのかと、瞬が顔を上げると、それまで視線を注いでいたらしい徳永は、すっと目を逸《そ》らしてしまった。

「コーヒーを飲みながらファイルを見ろ。三十分後にはここを出る。今日は立川《たちかわ》にしよう。中央線《ちゆうおう》を攻める。いいな?」

自らもファイルを捲《めく》りながら、相変わらず淡々とした口調で指示を出す徳永を、瞬は暫《しば》し見つめてしまった。

「コーヒーは飲まないのか」

視線が煩《うるさ》かったのか、徳永が眉間《みけん》に縦皺《たてじわ》を寄せつつ顔を上げる。

「飲みます。ありがとうございます」

先程の言葉は慰めだったのか。それを確かめたくてつい、見つめてしまっていた。しかし表情からわかるわけもないし、本人に聞くのもなんとなく躊躇《ためら》われる。

慰めか否《いな》かはともかく、徳永が瞬の能力を疑っていないことは伝わってきた。自分に能力があるか否かは結果を出せるか出せないかで自身にも周囲にもわかることになる。だとしたら始める前からあれこれ考えるのは無駄だ。

気持ちの整理がついた、とコーヒーを淹《い》れながら瞬は一人、頷《うなず》いた。今日もまた、頑張るだけのことだ。と、席に戻り、コーヒーを飲みながらファイルを捲る。

顔はやはり記憶どおりだった。名前と罪状もほぼ、頭に入っていることが確認でき安堵《あんど》する。

特殊能力か否かはさておき、このファイルにあった指名手配犯を街中で探すまでだ。そのためにもしっかりと頭に刻み込もう、と、それから瞬は一文字一文字を覚える勢いでファイルを凝視し続けたのだった。

朝から向かった立川は空振《からぶ》りとなったが、昼過ぎから待機した吉祥寺《きちじょうじ》の井《い》の頭《かしら》公園内に向かう人波の中で瞬はファイルの人物を見つけた。

昨日の失敗を生かし、すぐに徳永に連絡を入れたあとには、二人で男を尾行、住居をつきとめたところで既に連絡を入れておいた捜査一課の刑事たちが踏み込み、無事逮捕となった。

その後、東京ドーム周辺で見当たり捜査を行い、ナイター目当ての観客たちがドームにおおかた入ったあたりで、徳永が、

「そろそろ切り上げよう」

と業務の終了を告げた。

「お疲れ様でした」

ずっと緊張した状態で目を見開いていたためか、いつになく眼精疲労を覚えていた瞬は、ようやく終わった、と溜め息を漏《も》らしそうになるのを堪《こら》え、徳永に頭を下げた。

「麻生」

「はい」

顔を上げるより前に声をかけられ、なんだ、と徳永を見る。

「このあと軽く行くか？」

「えっ」

徳永から誘われるとは思ってもいなかったため、戸惑いから声を上げてしまった瞬だったが、それを拒否ととったのか、

「疲れているならいいぞ」

と徳永が誘いを引っ込めそうになったことに気づき、慌てて一歩前に踏み出した。

「是非《ぜひ》行きたいです。よろしくお願いします！」

「そうか」

徳永の表情にも口調にも、なんの感情も表れておらず、気持ちを計りかねる。しかし飲みに誘ってくれたということは、彼側に自分と飲みたいという気持ちがあるということだ。だとしたら嬉しい。そう見えないところはちょっと不安だけれど。そう思いながら瞬は、『そうか』と言ったきりすたすた歩き始めた徳永のあとに続いた。

「どこに行くんです？」

大通りで手を上げ、タクシーを捕まえた徳永に瞬が尋ねる。

「神保町《じんぼうちょう》」

乗れ、と促され、先に乗り込んだ瞬は、奥のほうが上席だったかと思い出したが、そのときにはもう徳永が隣に乗り込んでいた。

「神保町の交差点まで」

運転手に指示を出した徳永に、瞬は同じ問いを繰り返した。

「どこに行くんです？」

「好き嫌いはあるか？」

問いに問いで返され、一瞬戸惑いを覚えたが瞬はすぐ、

「ありません」

と答えた。

「餃子《ギョーザ》でいいか？」

「好きです」

好物だ、と即答すると、

「それはよかった」

と徳永がニッと笑い頷いたあとに、ふと思いついた顔になった。

「家に電話はしなくていいのか？　夕飯はいらないと」

「え？　あ、大丈夫です。基本、いらないと言ってるので」

答えてから瞬は、そういえば、と今まで確認していなかったことを確かめることにした。

「徳永さんは、電話はいいんですか？」

既婚者か独身か聞いていなかった。徒歩圏内に住んでいると言っていたので、寮ではなく自宅だろう。

服装も常にかっちりしているので既婚者の可能性は高いのでは、と思ったがどうだろう。そう思いつつ問いかけた瞬に対する徳永の答えは、

「俺は一人暮らしだ」

という、瞬の知りたいことそのものだった。

「あ、そうでしたか」

一人暮らしイコール独身、という認識でいいだろうか。しかし問いを重ねるのも、と躊躇《ちゅうちょ》していた瞬の横で徳永がぼそりと呟《つぶや》く。

「そういや満足に自己紹介もしていなかったな。申し訳ない」

「いえそんな」

謝ってもらうことではない、と慌てた瞬に、

「歓迎会もしていないし、悪かった」

と徳永が謝罪を重ねる。

「まだ三日目ですし」

どうしたんだ、と瞬はすっかり動揺《どうよう》していた。徳永は瞬をちらと見やったがそれ以上は

会話を引っ張ることなく、瞬とは反対側の車窓《しやそう》へと目をやった。瞬もまた、逆側の車窓へと視線を向け、今の会話について考え始める。

徳永がなぜ、今日飲みに誘ってくれたのかはわからない。もしや打ち上げ的な意味だろうか。指名手配犯を無事に逮捕できたから。昨日も逮捕はできたが、瞬のミスであわや大《だい》惨事《さんじ》になるところだった。今日はようやくまともに任務をまっとうできたから、それで打ち上げをする気持ちになったのかもしれない。

飲んでいるときに、お互いのことを話す機会もあるだろうか。考えてみれば瞬は徳永についてなんの知識もなかった。

特能係になって三年ということくらいで、個人情報は何も知らないに等しい。年齢すら正確にはわからないんだよなと頷いた顔が、車窓に映る。

「…………」

車窓には隣に座る徳永がいつしか自分のほうを見ている様子も映っていた。いつの間に、と振り返ったときに、どうやら目的地に到着したらしく、運転手が、

「信号手前でいいですか？」

と問うてくる。

「はい」

徳永が答え車が停まる。

「釣りはいい」

千円札を運転手に渡すと、徳永は車を降りてしまった。

「半分出します」

続いて車を降り、追いかけた瞬に徳永は振り返りもせず、

「気にするな」

と告げると、交差点近くの中華料理店に入っていった。瞬も慌てて入る。

「あ、徳永さん」

バーテンダーのような格好をした店員が徳永に声をかける。

「この時間なら、三階、貸してもらえないか？」

「ええ、どうぞ」

強面《こわもて》の店員が笑顔で頷き、

「まずは生二つと餃子二枚でいいですかね？」

と問いかける。

「生でいいか？」

瞬はその様子を見ているしかなかったのだが、不意に徳永に問われ、

「あ、はい」

と焦って返事をした。

「餃子は三枚にしてくれ。あとは餃子がきたときに頼む」

徳永は店員にそう言うと、

「行くぞ」

と瞬に声をかけ、階段を上っていった。

彼に続いて瞬も階段を三階まで上る。と、そこには入れて六名、という狭い座敷があり、
勝手知ったるとばかりに徳永は中に入ると、隅に積まれていた座布団を、

「ほら」

と瞬に投げてくれた。

「すみません」

「ここは夜中から混み始める。明日もあるから我々は混む前に出るぞ」

「はい、わかりました」

瞬が返事をしたところに、さきほどの店員が生ビールのジョッキを持って上がってきた。

「餃子もすぐ持ってきます」

「ありがとう」

徳永が店員に笑顔を向ける。長い付き合いっぽいな、と瞬が思ったのが通じたのか、

「ここは大学時代の友人に連れてきてもらった」

と、徳永が語り出した。

「警察の人ですか？」

乾杯、とジョッキを差し出してきた徳永に倣《なら》い、瞬もジョッキを差し出すと、互いに一口飲んでから会話は始まった。

「いや、商社マンだ。深夜残業のあとよく来る店だそうだ」

「深夜残業……」

どんな職種にも苦労はあるのだな、と瞬は思い、自分の大学の友人にも商社に行った男がいたなと思い起こした。

と、そこに餃子が運ばれてきて、会話が暫《しば》し途絶える。

好きなものを注文していいと言われたが、好き嫌いはないので任せたいと言うと徳永は、

「わかった」

と頷き、肉団子やニラたま、酢豚などを注文した。

餃子は三枚頼むのが納得なほどに美味《おい》しく、まずは食事、と食べ始めた瞬に、徳永が話しかけてくる。

「今日はよくやった。お前の能力は本物だ。自信を持っていい」

「あ……りがとうございます」

いきなりの賞賛に、瞬は戸惑いはしたが、まずは礼だ、と頭を下げた。

「礼はいい。俺は正直、感動している。世の中にはお前のような、それこそ『特殊能力』を持つ人間がいるのだなと」

徳永はしみじみとそう言ったあと、言葉を返せずにいた瞬に、問いかけてきた。

「俺について何か聞きたいことがあるなら聞いていいぞ。年齢でも家族についてでも仕事についてでも」

「はい。ありがとうございます。おいくつですか？」

聞きやすくなった、と早速質問をした瞬に、

「三十二だ」

と徳永が即答する。

「出身大学は」

「T大」

「すごいですね」

国内最高峰といわれる大学名に、瞬は思わず感嘆《かんたん》の声を漏《も》らした。

「キャリアは目指さなかったんですか？」

　T大なら、と問うた瞬に、

「考えなかったな」

　と徳永が即答する。

「現場を殆《ほとん》ど経験しない幹部には興味がなかった。俺は刑事になりたかったんだ」

　かっこいい、と、思わず言ってしまいそうになるのを堪え、瞬は問いを重ねた。

「特能係の発足は徳永さんの発案なんですか？」

「イエスともノーとも言える。T大は幹部候補が多いからな。見当たり捜査を専門とする部署があるといいと提案をしたらすぐに通ったのはありがたかった」

　苦笑しつつ答えた徳永に、

「どうして提案を？」

　と瞬は問わずにいられなかった。

「ある事件の……動機が過去の未解決の事件に関することでな」

　ぽつ、と徳永が語り出す。

「その事件の犯人が逮捕されていたら起こり得ないものだった。それで、考えたんだ。指名手配犯がきっちり逮捕されるような、そんな体制を警察内に作れないものかと」

「……それで特殊能力係を……？」

立ち上げたのか、と問うた瞬に徳永は、

「まあ、そんなところだ」

と苦笑した。

「『特能係』というのは上層部の命名だということは前にも言ったよな。指名手配犯五百人の顔を記憶に納めているのが『特殊能力』というんだが、俺はお前のように一度見たら顔を覚えるといった能力がないので、必死に指名手配犯の顔を覚え込んだ。受験生のように、それこそトイレにまで写真を貼って毎日眺めてな。少しも『特殊』じゃない。努力せずには身につかないものだと、係の名前は気に入っていなかったんだが、実際お前のような人間がいるとわかった今では『特能係』の名称もアリという気になってきたよ」

徳永はここで、じっと話に耳を傾けていた瞬を見やり、しみじみとした口調で言葉を続けた。

「一度見た人間の顔を忘れずにいられるなんて。そんな能力が俺もほしかった。そういう意味ではお前が羨《うらや》ましいよ」

「…………徳永さん……」

徳永が心底『羨ましい』と思っていることが感じられ、瞬は言葉を失った。と、徳永は、

また苦笑めいた笑みを浮かべたあと、
「それが特殊能力係発足のあらましだ」
と敢《あ》えて明るい口調となり、話を締めくくった。
「年齢と発足についてはそういうことだ。あとは俺の家族構成か？　両親は亡くなってい
る。事件性はない。自然死だ。きょうだいはいないので天涯孤独となった。今住んでいる
マンションは親の遺産を処分し購入した。配偶者《はいぐうしゃ》はいない。過去にも現在にも。あとは
……何か聞きたいことはあるか？」
餃子を次々口に運びながら、徳永が問いかけてくる。
「……小池さんとは親しいんですか？」
今朝も部屋で見かけた。地下二階までわざわざ訪ねてくるのは親しいからだろう。問わ
ずともわかったが、ぱっと頭に浮かんだのが小池の顔だったので、つい、聞いてしまった
のだった。
「俺も三係にいたからな。小池とは道場でもよく顔を合わせるので、まあ、親しいといえ
ば親しいか」
「道場で」
小池はいかにも、と思えるが、徳永もよく道場に行くのか、と、瞬はつい、徳永のエリ

ート然とした顔を見やった。

「お前も有段者だったな。今度、一緒に行かないか？」

視線を受け止めた徳永が、ニッと笑いかけてくる。

「はい！　よろこんで！」

笑顔も嬉しいが道場に誘ってくれたことが嬉しく、それが瞬の声に表れ、トーンが高くなる。

「……本当にお前は元気がいいな」

途端に呆《あき》れた顔になった徳永が、

「今度は俺から質問してもいいか？」

と瞬に問いかけてきた。

「あ、はい。なんでも聞いてください」

『元気がいい』は決して褒《ほ》めてくれたわけではない。どちらかというと注意されたということはわかっています、と瞬は声のトーンをやや落としつつも、何度も頷《うなず》いてみせた。

「警察官になった理由は？」

面接官のようなことをまず聞かれ、なんとなく緊張が高まる。

「言うのも恥ずかしいですが、その、子供の頃に見たテレビドラマで刑事に憧れて。それで道場に通い始めました」

「なんのドラマだ？」

徳永に問われたので答えたが、徳永はそのドラマを知らなかったようで「そうか」とその話題はそこで途切れた。

「刑事になりたいという希望はずっと変わらなかったのか」

「はい。幼稚園から大学までの卒業アルバムに全部書いてます。将来の夢は『刑事』と」

「筋金入り《すじがねい》りの夢がかなってよかったな」

ここでまた、徳永がニッと笑う。揶揄《やゆ》めいた口調ではあったが、実際、夢がかなったことは嬉しい、と瞬は素直に、

「はいっ」

と頷いた。

「お前の能力のことも聞いていいか？」

話題がまた変わる。

「はい、もちろん」

末だに『能力』という自覚はないので、希望どおりの答えが返せるかは不安だが、と思いながら頷いた瞬に、心持ち身を乗り出すようにし、徳永が問いかける。

「どういう感じなんだ？　お前の頭の中には今まで会ったことのある何万人──じゃきかないな。何百万人、下手《へた》したら何千万人の人間の顔の記憶が詰め込まれているんだろう？」

「詰め込まれる……という感じではないです。頭の中が人の顔でいっぱいになっているわけではなく……うーん、どんな感じなのか」

改めて考えると、と唸《うな》った瞬に、徳永が問いを重ねる。

「たとえばある人間の顔を見たときに、『見たことがある』と思い出す、という感覚か？」

「思い出す……近いかもしれません。なんだろう。ぱっと浮かぶんです。前に見たときの顔が」

「見当たり捜査のときは？　集団を見ているわけだが、その中で『ぱっと浮かぶ』のか？」

「……はい。多分……」

どうだったかな、と今日、犯人を見つけたときのことを思い出す。

「……意識していないことなので、難しいです。答えるのが……」

「たとえば集団の中に複数、知った顔がいるとする。そういう場合はどうなるんだ？」

「複数いるな、と思う……んですかね、やっぱり」

「………」

首を傾《かし》げた瞬を見て、徳永は、これ以上聞いても無駄と思ったようだった。

「お前の脳内を覗《のぞ》いてみたいよ」

「脳を見たら仕組みがわかりますかね」

だとしたら見てみたい、と答えた瞬の横で、徳永が噴き出す。

「お前、本当に単純だな」

「え？　あ」

冗談を言われたのか、とようやく察した瞬の口から声が漏《も》れる。と、そのタイミングでポケットに入れていたスマートフォンが着信に震えた。

「出ていいぞ」

バイブ音は徳永の耳にも届いたようで、言いながら立ち上がる。そのまま階段のほうへと向かった徳永が「すみません」と店員に声をかけている間に瞬は、ヒビの入った画面を見て、かけてきたのが佐生であると知った。

佐生には、自分が勤めに出ているときには、急用以外は電話ではなくメールをくれと頼んであった。それゆえ、何かあったのだろうか、と瞬は慌てて応対に出る。

「どうした？」

『ああ、仕事中ごめん。さっき変な電話があってさ。お前、俺がお前のところに世話になってること、どこかで喋《しゃべ》ったりしたか？』

佐生の声音《こわね》には不安が混じっている。

「いや？　喋ってないよ。それより変な電話って？」

『そちらに佐生一郎《いちろう》の息子がいるというのは本当かって』

「なんだよ、それ」

それを聞き、全身の血がさっと引いた錯覚《さっかく》に瞬は陥《おちい》った。一気に酔いがさめ、電話を握る手に力が籠《こ》もる。

『気味悪くて何も言わずに切っちゃったんだけどさ、その後は特にかかってくることもなくて……』

「わかった。すぐ帰る」

『いや、いいよ。ただ、俺のこと誰かに喋ったのかって、それを聞きたかっただけで』

「喋るわけないだろ。ともかく帰るから。いいか？　電話には出なくていいし、家からも出るなよ？」

それじゃあ、と電話を切った瞬は、いつの間にか傍に戻ってきていた徳永から、

「どうした？」

と声をかけられ、我に返った。

「すみません、ちょっと急用というかその、帰らなければならなくなって」

まだ料理も残っているし、さきほど徳永は追加注文を入れていた。なのに帰るというのは申し訳ないとは思ったが、帰らずにはいられない、と瞬は頭を下げた。

「わかった」

徳永があっさり頷き、立ち上がる。

「すみません、今の注文、キャンセルで」

そして階下に怒鳴ったかと思うと、その様子を呆然《ぼうぜん》と見ていた瞬を振り返った。

「急ぐんだろう？　帰っていいぞ」

「あの、すみません。本当に」

せっかく誘ってもらったのに、と頭を下げつつ、脱いでいた上着を着込み、ポケットから財布を出す。

「今日は歓迎会だ。それより大丈夫か？」

払わなくていいと言ったあとに、徳永が心配そうに瞬の顔を覗き込んできた。

「え？」

「真っ青だぞ」

「……大丈夫です」

確かに今、自分は酷《ひど》い顔色をしているとわかる。頷く瞬の胸はいやな感じで高鳴っていた。

「事件性があることか？」

そのまま頭を下げ、靴《くつ》を履《は》こうとした瞬の背に徳永が声をかけてくる。

「……いや……どうでしょう」

そうでないといい。しかし気にはなる。答えようがなく、結局あやふやな回答をし、それを謝ろうと徳永を振り返った瞬に、徳永は思いもかけない言葉を返してきた。

「俺も行こう」

「え……っ」

どうして、と問うより前に徳永は瞬の腕を摑《つか》むと、もう片方の手で自分の上着と伝票を摑み、歩き出した。

「階段、気をつけろ」

「あの……っ」

突然のことで何がなんだかわからない。まるで思考が追いついていない瞬を徳永が振り返る。

「俺が支払いをすませている間に、タクシー捕まえておけ」

「あ、あの……」

「返事は『はい』だ」

「はい……？」

よくわからないが最早《もはや》、徳永の申し出を断るには機を逸していると瞬は悟った。佐生からの電話で既にキャパオーバー気味になっていた頭をなんとか切り替えると瞬は、徳永に言われたとおりタクシーを捕まえるべく、店を飛び出したのだった。

4

タクシーの中で徳永は瞬に、

「説明は落ち着いてからでいい」

と告げたきり、口を閉ざし車窓を見ていた。

「あの……すみません」

徳永が付き添わなければと感じたほど、自分は取り乱していたのだろうか。恥ずかしいことだ、と反省していた瞬だが、車が家に着く前に説明の必要がある、とようやく気持ちを整え、喋り始めた。

「実は、今、同居しているのは佐生一郎の息子なんです」

「佐生一郎……十五年くらい前に亡くなった当時の与党の幹事長か」

ほお、と徳永が目を見開く。

「縁戚《えんせき》……ではないよな?」

「はい。小学校の同級生で、幼馴染《おさななじ》みです。息子の名前は正しいに歴史の史で、『せいし』といいます。ご両親が事故で亡くなったのは彼が小学五年生のときでした」

要点をまとめようと思っても、なかなか上手《うま》くいかない。頭に浮かぶまま、話すことしかできないでいた瞬の話はさぞまだるっこしく感じるだろうに、徳永は相槌《あいづち》以外、打つことなく、話を聞いてくれていた。

「交通事故でした。その日、ちょうど彼の家に遊びに行っていて、二人で対戦型のテレビゲームをしていたんです。その日の夜から佐生は両親と一緒に軽井沢《かるいざわ》の別荘に向かう予定だったのを、ゲームが白熱しすぎて結局両親だけ、出発することになって、その途中で交通事故を起こし、亡くなったんです」

「……思い出した。天候が悪い中、車を走らせていて崖《がけ》から落ちたんだったな」

「そうです」

記憶力がいいな、と瞬は驚いたが、

「当時、かなりニュースになったからな」

と徳永に言われ納得した。

「……当時、佐生にマスコミは殺到しました。奇跡の生き残りだの悲劇の子供だの……佐生は叔父《おじ》さんに引き取られたんですが、見かねた叔父さんが、ほとぼりがさめるまでと佐生をイギリスに留学させたんです。中学に上がるときに帰国したんですが、その頃にはもう、マスコミに追われることもなくなっていました」

「そうか」

徳永が頷《うなず》き、車中に沈黙が流れる。

二人の会話は後部シートで、ぼそぼそと囁《ささや》き合うようにして続いていた。特に『佐生一郎』の名は、タクシー運転手の耳に入らぬよう、声のトーンを落としていたのだが、逆にそれが運転手の注目を集めたようで、ハンドルを握る彼が全身耳にして聞いているように感じられた。

徳永もそれを感じたのか、その後は口を閉ざし、車が瞬のマンションに着くまでの間、沈黙は続いた。

今回も徳永が料金を支払ってくれたのだが、さすがに奢《おご》ってもらうわけにはいかない、と車を降りてから瞬は徳永にメーター分の札を渡そうとした。

「中で少し話そう」

しかし徳永は受け取ろうとせず、そう言ったかと思うと、入ろう、と瞬を促す。

瞬のマンションはオートロックだった。入ったところは管理人のカウンターと小さなロビーとなっており、無人であったため瞬と徳永はロビーのソファに腰を下ろした。

「それで、何があった？」

　徳永に問われ、まだそこまで話がいっていなかったことを反省しつつ、瞬は佐生からの電話の内容を明かすことにした。

「ウチの家電《いえでん》に電話があったそうなんです。『ここに佐生一郎の息子がいるのか』と」

「マスコミか？」

「わかりません。佐生は自分が佐生一郎の息子であることを極力隠している上、ウチに居《い》候《そうろう》していることも身内以外に話していないと前に言っていましたし、勿論《もちろん》、俺も誰にも喋っていません」

「……それは……不可解だな」

　徳永が言葉を探したのがわかる返しをしてくる。

「……心配しすぎというか……過保護だとは自分でも思います。でも、どうにも気になってしまって」

　瞬の頭の中では、小学生の佐生が記者に囲まれ、フラッシュを焚《た》かれるさまがありありと蘇《よみがえ》っていた。

　眩《まぶ》しいほどのフラッシュの中、両親の死についてマイクを向けてくる記者を前に、佐生は呆然とした顔で立ち尽くしていた。あんな思いをもうさせたくはない。気づかぬうちに唇を噛《か》みしめていた瞬は、徳永に肩を叩かれ、はっと我に返った。

「わかった」

瞬に向かい頷くと徳永は立ち上がった。

「行こう」

「はい」

今、佐生は一人不安を持て余しているに違いない。まずは安堵《あんど》させてやりたい。しかし徳永が一緒に来たことをどう説明しようか。

事実を言うしかないか、と考えながら瞬はエレベーターへと向かい、徳永と共に箱に乗り込んだ。

「セキュリティがしっかりしていてよかった」

エレベーター乗り場もオートロックになっている。カメラもついているし、一応のセキュリティが整っていてよかった。普段は意識していなかったが、と徳永の言葉に瞬が頷いたところでエレベーターは瞬の家のあるフロアに到着した。

「こちらです」

先に立って歩き、自分の家のインターホンを押す。鍵《かぎ》は勿論持っていたが、きっと佐生はドアロックをかけているだろうと思ったためだった。

間もなく、ガサ、とマイクの入る音がしたので、瞬は、

「ただいま」

とインターホンに向かい、声をかけた。

すぐに足音が中で響き、ドアが開かれる。

「おかえ……」

『り』と言うより前に佐生は瞬の背後に立つ徳永に気づいたらしく、戸惑った顔になりつつ頭を下げた。

「どうも」

「はじめまして。徳永です」

徳永が頭を下げてから、瞬に続き、中に入る。

「…………」

もしかして、と佐生が声は出さず、口を動かすだけで思いを伝えようとしてきた。

『上司？』

徳永の外見について、詳しく話していたのでわかったのだろう。そうだ、と頷くと今度は、

『イケメン』

と笑いながら口を動かし、あまり怯《おび》えた様子がないことに安堵しつつも瞬は、余計なことを言うなよ、と佐生を睨《にら》み付けた。

「今、お茶淹《い》れますね」

わかってる、と佐生が頷いたあとに、徳永にそう告げ、キッチンへと向かおうとする。

「おかまいなく。それより電話について、詳しい話を聞かせてもらえますか？」

徳永が佐生を真っ直ぐに見据え、問いかける。

「そのために来てくださったんですか？」

佐生が驚いたように目を見開いたあと、視線を瞬へと向けてくる。

「あ、ごめん」

許可無く話すなと言いたいのか、と瞬は思い、謝罪の言葉を口にした。が、それ以上に大きな声で佐生が、

「悪い！」

と謝ってくる。

「え？」

「叔母《おば》さんだった。犯人」

「ええ？」

「さっき電話してわかった」

「どういうことだ？」

何が何やら、と戸惑いまくっていた瞬の横で徳永が、

「まずはお前が落ち着け」

そう告げ、ぽんと瞬の肩を叩く。

「すみません……」

確かにそうだ、と自分を取り戻した瞬は、

「とにかく座ろう」

とダイニングテーブルの椅子に佐生を座らせ、その向かいの席に徳永に座ってもらった。

「ちょっとすみません」

せっかく来てもらったのだから何か、と考え、冷蔵庫からビールを三缶、持ってくる。

「どうぞ」

そうして二人の前にビールを置くと、改めて佐生に向かい問いかけた。

「叔母さんが犯人って？　まさか電話が叔母さんの悪戯《いたずら》だったとか？」

「いやさすがに叔母さんもそこまで暇じゃないよ」

佐生がそれを聞いて噴き出したが、そのせいで緊張が解《ほぐ》れたらしく、プシュ、と音を立

てプルタブを上げ、ビールを一口飲んでから話し始めた。

「叔母さんのところに、大学の職員を名乗る男から電話があったと言うんだ。俺に書類を送りたいが連絡がつかないので、現住所を教えてほしいと。叔母さん、ここの住所がすぐに出てこなかったので、電話番号だけ教えたと言っていた……それじゃないかと思うんだよ」

「本当に大学からかかってきたという可能性は？」

ここで問いを発したのは徳永だった。

「あ、はい。大学にはちゃんと携帯の番号を知らせていますが、かかってきたことありませんし、一応、懇意《こんい》にしている職員に連絡をしてみましたが、送られるような書類の心当たりはないと言われたので……」

ここまで言うと佐生は瞬を見て、やれやれ、というように溜め息を漏《も》らした。

「たまには大学に出てこいと怒られた。このまま行かないと思うといったら馬鹿扱いされたよ」

「みんな心配してくれてるんだろう」

何せ他の学生は医者になりたくて大学に行っているんだろうから、と言葉を続けようとした瞬の声に被《かぶ》せ、徳永が問いを発する。

「すみません、電話の内容について、詳しく教えてもらえますか？」

「ええと……」

佐生は戸惑った顔になったが、すぐ、思い出そうと試みたのか宙を睨《にら》むようにして言葉を発し始めた。

「……『ここに佐生一郎の息子さんがいると聞いたのですが』だったかな……」

「かけてきたのは男ですか？　女ですか？」

「男です」

「年齢は？　若いか年を取っていたとか、おおまかで結構です」

「そこそこ若かった……と思います。年をとっている感じではなかったかな、と」

考え考え、佐生が答えたそのとき、いきなり電話のベルが室内に響き渡り、皆、一斉に固定電話へと目をやることとなった。

「俺が出る」

この家の主は今は自分だし、と瞬が電話に向かう。

「出たらすぐ、スピーカーホンにしろ」

徳永が指示を出してきたのに、わかりました、と頷《うなず》くと瞬はナンバーディスプレイを見つつ、受話器を取り上げた。

非通知の表示が出ているが、どうやら携帯電話かららしいとわかる。

『もしもし、そちらに佐生一郎さんの息子さん、いらっしゃいますよね？』

確かに若い男の声だ、と頷いた瞬に対し、佐生が、その男だ、というように何度も首を縦に振ってみせる。

「……誰から聞いたんですか？」

問えばなんと答えるだろう。そう思いつつ問いかけた瞬に対し、電話の男が逆に問いかけてきた。

『もしかして君が佐生君？』

「…………」

これにはどう答えたらいいか。迷ったせいで黙り込むことになったのを、相手は肯定ととったようで、勢い込んで話しかけてくる。

『実は今、近所まで来ているんだ。その番号は杉並区《すぎなみ》だよね？　これから会ってもらえないかな？　指定してくれたらその場所に出向くから』

「…………」

どうしよう。決めかねた瞬はつい、徳永を見てしまった。徳永が無言で頷き、声には出さずに『場所を言え』と唇を動かす。

「……阿佐ヶ谷駅前の、マックで……」

あまり家から近すぎるのも嫌だし、遠すぎると行くのが大変だと、咄嗟《とっさ》に瞬は考え、この時間でも開いている店で、適度な距離感がある場所をそこと決めた。

『わかった。すぐ向かう。目印は白いＡ４の封筒ってことで』

それじゃあ、と、男は電話を切ってしまい。室内には『ツーツー』という機械音だけが残された。

「行くぞ」

と、徳永が立ち上がり、瞬に声をかけてくる。

「阿佐ヶ谷、付き合ってくれるんですか」

まさかそこまで手厚いことを、と驚いた瞬の横では佐生が、

「俺も行きます」

と立ち上がる。

「いや、あなたは来ないほうがいいでしょう」

そんな彼を徳永は相変わらず淡々とした口調で止めると、瞬へと視線を向けてきた。

「お前は来い」

「はい」

端《はな》から行くつもりではいた。が、佐生を一人残していくのは大丈夫だろうかと、佐生を見る。

「決してドアを開けないでください。宅配業者でも誰でも、応対はしないように」

徳永が佐生に指示を出し、佐生が青ざめながらも「わかりました」と返事をする。

「それじゃ、行こう」

徳永が姿勢を正し、部屋を出ようとする。それに続きながら瞬は、果たしてどんな人物がどんな目的で待ち受けているのだろうと、震撼《しんかん》とせずにはいられなかった。

指定したファストフード店までもタクシーを使ったが、その支払いもまた徳永がし、瞬に『払う』と言う隙《すき》すら与えてくれなかった。

店に入る前に徳永は瞬に指示を与えてきた。

「白い封筒を持っている男の様子を見て、お前がまず安全と判断したら声をかけろ。俺は近くで待機する。佐生君になりきれるようならなりきり、相手の要件を聞き出せ」

「わかりました」

安全かどうかの判断――相手はてっきりマスコミと思っていたが、もしや佐生を誘拐《ゆうかい》しようとして何か武器を所持している可能性もあるか、と、瞬は今更その可能性に気づき、ごくりと唾《つば》を飲み込んだ。

しかし佐生の父親は、当時の与党の幹事長という、まさに大物代議士だったが、亡くなってからゆうに十五年は経っている。

叔父《おじ》が大きな病院を経営しているので、そちらに身代金《みのしろきん》を要求する可能性はあるが、それなら『佐生一郎の息子』とわざわざ言ってきたことに違和感を覚える。

何かしらの予測をつけたかったが、それもできないまま瞬は、一人ファストフード店に足を踏み入れ、中を見回した。

売り場のある一階には座席数が少なく、座っているのは女子高生と思われる二人だけだった。

「すみません、待ち合わせです」

誰とはなしに声をかけ、二階に向かう。

「……っ」

二階のフロアに足を踏み入れた途端、奥の席に一人座る男の姿が飛び込んできたのは、彼がテーブルの上にA４の白封筒をこれ見よがしにおいていたからだった。

いた、と確認できたので階下に降り、注文の列に並んでいた徳永に目で『いました』と合図する。徳永は、わかった、というように頷くとすぐ、目を逸《そ》らしてしまった。

瞬は別の列に並んでコーヒーを購入すると、再び階段を上り、白い封筒を机の上に置いた男の前に立った。

「あ、君が佐生君？」

男が立ち上がり、瞬に笑いかけてくる。

「どちらさまですか？」

彼は佐生の顔を知らないらしい。近づきながら男の周囲の客たちを一応観察したが、『危険』と判断されるような人物はいないようだった。

「まあ、座ってよ」

男は薄い色のサングラスをかけていた。年齢は三十半ばか、ポロシャツにジャケットという姿である。

サラリーマンには見えないが、誘拐犯にも見えない。やはり週刊誌の記者だろうか、という瞬の推察は半ば当たった。

「いきなり悪かったね。俺はこういうもんだ」

瞬が座ると男が名刺を差し出してきた。が、名前が書いてあるだけで、会社名や肩書は一切記されていない。

「三宅一彦《みやけかずひこ》さん……？」

名刺に書かれた名を呼んだ瞬の視界の端に、階段を上ってきた徳永の姿が過《よぎ》った。少し離れた席に腰を下ろしたのを確認してから顔を上げ、男を――三宅を真っ直ぐに見据える。

「どなたですか？」

「そんな名刺渡されてもなって顔してるね。俺、フリーのルポライターなんだ。佐生マサシ君だよね？　今年、二十五歳じゃなかった？　随分《ずいぶん》若く見えるね。学生さんだからかな？」

「…………」

フリーのルポライターと名乗った三宅を瞬はつい、うさんくさげに眺めてしまった。

まず彼は佐生の顔を知らない。名前も読み間違えている。『正史』と書いて『せいし』と読むというのは、少し調べればわかるのではと思いつつ瞬は、果たして彼の用件はなんなのだ、とそれを問うことにした。

「フリーのルポライターがなんの用でしょう？」

「いや、実はある雑誌で、平成の政治家に関する、なんていうのかな。事件というかスキャンダルというか、そういう特集を組むそうでね、それで君のお父さんについて、ちょっと話を聞きたかったんだ」

「…………」

それで佐生の叔母《おば》に嘘の電話をかけ、連絡先を聞き出したのか。そこまでして何を聞きたいというのだろうと、瞬はそこを突っ込むことにした。

「大学職員を装《よそお》って、叔母に電話をしたのはあなたですか？」

「ごめんごめん。大学までは自力で調べたんだけど、君、最近行ってないっていうし、家も出たと友達が言ってた、それで叔母さんに聞いたんだよ。君、友達にも連絡先、渡してないんだって？　心配してたよ。酒井《さかい》君とかさ」

「…………それで、何を聞きたいんですか？」

話をしているうちに瞬はだんだんと腹立ちを抑えきれなくなっていた。

十五年前、佐生はまだ十歳の子供だった。両親を亡くしたショックは、傍でみていただけにいかほどであったか、瞬もよくわかっている。

いたましいと思うのが普通であろうに、両親の死についてあれこれ聞き出そうとするとは。彼が佐生のことを調べるのに、大学の友人たちに根掘《ねほ》り葉掘《はほ》り聞いたことだけでもむかつくというのに。

語調も目つきもきつくなったことを自覚しつつも、怒声を上げるようなことはすまいと自分を抑えていた瞬だが、続く三宅の言葉を聞いた途端彼の堪忍袋の緒がブチッと切れたのだった。

「ご両親はもしかして心中だったんじゃないか……だから子供の君を家に残して二人で出

かけたんじゃないかと気づいたんだけど、何か覚えていることはないかな?」

「いい加減にしろ!　ゲス野郎が!」

頭に血が上ったせいで、フロア中に響き渡るような声で三宅を怒鳴りつける。

「いや、落ち着いてよ。マサシ君」

二階の座席は八割がた埋まっていたが、その全員の注目を集めていることにいたたまれなくなったようで、三宅が慌てたように瞬を宥《なだ》めようとする。

「誰がマサシだ!　こそこそ嗅《か》ぎ回ってたくせに名前も正しく読めないのか!」

ますます腹立ちが増し、声が高くなる。と、不意に背後に人の気配を感じたと同時に、瞬の頭の上から徳永の声が振ってきた。

「君のやっていることは立派に、個人情報保護法に違反する。署でゆっくり話を聞かせてもらおうか」

背後から徳永が伸ばした手には警察手帳が握られている。

「えっ」

それを見た三宅がぎょっとした顔になったあと、焦った様子で立ち上がり、そのまま走り去ろうとする。

「待て!」

あとを追おうとした瞬の腕を摑《つか》んで止めたのもまた、徳永だった。

「徳永さん」

「もうコンタクトを取ってくることはないだろうよ。あの逃げっぷりでは」

落ち着け、と徳永が告げ、ぽん、と瞬の肩を叩く。

「しかし……」

「騒ぎになるのをお前の友達も望まないんじゃないか？」

気が収まらない、と続けようとした瞬だったが、徳永にそう言われては、まさにそのとおり、と黙るしかなくなった。

「戻ろう」

「……はい」

周囲の注目は未だ、瞬と徳永に集まったままだということもまた、店を出る理由になり、瞬は徳永と共にファストフード店を出て、佐生の待つ家へと戻ったのだった。

「ルポライター？　今更？」

電話をかけてきたのは三宅というフリーのルポライターであることを、瞬は佐生に伝えた。が、取材の目的については適当にぼかそうと思っていた。

「ああ。週刊誌の企画で平成の政治家特集というのをやると言っていたよ」

「どんな記事だったんだか……」

溜め息を漏《も》らしつつ、佐生が、ちらと瞬を見る。

「さあ」

聞かなかった、と瞬は嘘をついたあとに、真実も伝えることにした。

「個人情報保護法違反だと言ったら逃げていったよ。もう、悩まされることはないだろうが、気をつけろよ」

「刑事って言ったんだ？」

驚いてみせた佐生に、

「まあな」

と、瞬がまたも言葉を濁《にご》したのは、刑事だとわからしめたのが自分ではなく徳永だからだった。

「あ、そうだ。三宅が言ってたけど、同じ大学の人にお前の連絡先を聞いたけど、知らないと言われたって」

「ああ、そういや携帯、替えたんだった。格安スマホに。新しい番号にしたからみんな連絡も取れなかったんだな」

忘れていたよ、と、佐生は笑っていたが、携帯番号を変えたのには理由があったのでは、

と気になり、瞬はそれを尋ねようとした。が、それより前に佐生が、

「なあ」

と瞬の顔を覗《のぞ》き込んでくる。

「なに？」

「時効ってもう、なくなったんだよな？」

「時効？　ものによるが……あ」

なぜ唐突《とうとつ》にそんなことを、と瞬は問い返そうとして、すぐ、理由に気づいた。佐生の両親が亡くなったのは十五年前だったからではないかと思ったのである。

「……いや、今更なんでルポライターがって考えてさ。あれは事故だからそもそも事件性はないんだろうけど、そのくらいしか思いつかないかなあと……」

「無理矢理事件にしようとするなど、許されることじゃないよな」

自然と憤《いきどお》った声を上げてしまってから瞬は、これでは三宅の目的に気づかれてしまうかもしれない、と焦って話を逸《そ》らそうとした。

「とにかく、もうルポライターは来ないと思うけど、当分は気をつけろよ？　叔母さんにもそれに叔父《おじ》さんにも、ルポライターから連絡があったことは知らせておいたほうがいいと思う。コンタクトを取られるかもしれないし」

「……ああ、そうだな。明日にでも電話を入れておくよ」

　佐生は一瞬、何かを言いかけたが、すぐに笑顔でそう続けると、二人のやりとりを傍で聞いていた徳永へと視線を向けた。

「ご迷惑をおかけしてすみません。ありがとうございました」

「迷惑などかかっていないから安心してください」

　徳永は笑顔でそう返すと、

「それじゃ、また明日な」

と瞬に声をかけ、立ち上がった。

「すみません。ありがとうございました」

　玄関へと向かう彼を瞬は、佐生と共に見送った。ドアを出るとき徳永は瞬を振り返ったのだが、少し厳しさを感じさせるその表情から瞬は、『気をつけろ』という彼のメッセージを受け取った気がした。

「上司、本当にイケメンだな。小説の主人公みたいだ」

　佐生は徳永の表情に、何も思うところはなかったようで、彼がドアの向こうに消えると、にこにこ笑いながらそんな呑気《のんき》なことを言ってきて、瞬を脱力させてくれた。

「頼むから本当に、モデルにするとか、言うなよ」

「モデルにするくらいはいいだろ？　名前や経歴や仕事は全部変えるからさ」

「頼むから！　やめてくれ!!」

本人に知られたらどんなリアクションをとられるか、皆目見当がつかないだけにおそろしいのだ、と言い返しながらも瞬は、徳永は何を気にしていたのかと考えたのだが、これ、という答えは得られないまま、夜を明かすこととなったのだった。

5

翌日瞬が出勤すると、珍しく徳永は指名手配犯のファイルを見ておらず、パソコンで何かを調べている様子だった。

「おはようございます」

瞬の挨拶《あいさつ》にも気もそぞろといった感じで、じっと画面を見つめている。

仕方なく瞬はコーヒーを淹《い》れに行ったのだが、席に戻った途端、徳永が話しかけてきた。

「三宅の経歴を調べた。完璧《かんぺき》にクリーンというわけではないが反社会的勢力との繋《つな》がりも特になく、逮捕歴等もない。記事を書いている先はいわゆる三流の週刊誌やネットニュースばかりだった」

「調べてくださったんですか！」

予想外の言葉に瞬は思わず感嘆《かんたん》の声を上げてしまった。

「気になったからな」

徳永は瞬の驚きを軽く流すと言葉を続けた。

「三宅が言っていた週刊誌もほぼ特定できた。今後も佐生君につきまとうようなら依頼をした出版社に対して働きかけることも必要かと思ったんだが、今のところはまあ、静観でいいだろう」

「はい。佐生も気にしている様子はありませんでしたし、今後何もなければスルーでいいかと思います」

うん、と頷《うなず》いた瞬に、徳永が問いかけてくる。

「今までもこうしたことはあったのか？」

「俺の知る限りではありません。小学校五年から中学にあがるまで、佐生はイギリスに留学していました。中一からほぼ、一緒にいますが、彼からはそんな話を聞いたことはありません。彼の叔父の友人に、大手マスコミに顔が利《き》く人がいるとのことで、その人の力もあって帰国後も取材にあうようなことはなかったと、かなり前に聞きました」

「そもそも、お前と佐生君はどういう仲なんだ？　幼馴染《おさななじ》みの友人以上の関係は？　あ、勿論《もちろん》、恋愛感情の有無を聞きたいわけじゃないぞ。家族間に繋がりはあるのかとか、そういったことだ」

「わかってますよ。そんな勘違いしませんせん」

していたのは自分のほうだろうが、と瞬は内心毒づきつつ、答えを告げた。

「親戚《しんせき》だったり親同士が友人だったりは特にないです。ウチの小学校は二学年ごとにクラス替えがあったんですが、小学校一年から五年まで同じクラスでかつ、同じ道場に通ってました。話も合って、単に仲が良かったというだけです」

「そうか」

徳永は頷くと、少し考える素振りをしたが、やがて、

「まあ、いいか」

と独り言のような呟《つぶや》きを発し、開いていたパソコンをパタンと閉じた。

「……何か……」

気になることがあるのか、と、それこそ気になり、問いかける。

「いや、ちょっとな」

しかし徳永は答えることなく、話を変えた。

「今日はまた新宿スタートにしよう。お前はもう、ファイルを見る必要はないな？」

「いえ、一応見ます」

覚えているということを確認したい。頷き、ファイルに手を伸ばした瞬に徳永は、

「いい心がけだ」

と頷くと、彼もまたファイルを開き、それから三十分ほど、瞬は自分が『覚えている』ことを確認するためにファイルを眺め続けたのだが、徳永が何を言いかけたのかということはずっと心にひっかかっていた。

その日、新宿から原宿《はらじゅく》、渋谷と見当たり捜査を行ったが、これという成果はなかった。午後八時に渋谷で解散となったので、瞬は少し迷った結果、佐生の叔父《おじ》宅に電話を入れることにした。

『あら、瞬君? 珍しいわね。どうしたの?』

電話に出たのは叔母《おば》だった。彼女からも話を聞きたいと思ったのだ、と瞬は、今渋谷にいるのだが、もし時間があれば、これから訪ねていいかと問いかけた。

『もちろんいいけど。正史も一緒?』

「いえ、ひとりです」

叔母は瞬の答えを聞き、用件を察してくれたようだった。

『わかったわ。うちで晩御飯、食べていかない?』

「いや、大丈夫です。あ、もしかしてごはん時ですか?」

そういう時間か、と申し訳なく思った瞬に、

『うちはもうすませたからいつでもいらっしゃい』

と叔母は優し気な声で気遣いを退け、待っているから、と告げて電話を切った。

手ぶらでいくのは申し訳ないかと、瞬はまだ開いていた百貨店で何か菓子でも買おうとしたが、叔母はダイエット中だったかと思い出し、青果店でさくらんぼを購入してから松濤《しょうとう》にある佐生の叔父宅へと向かった。

インターホンを鳴らすとすぐに自動式の門が開く。玄関までのアプローチを歩きながら瞬は、相変わらず立派な家だなと心の中で呟いた。

もともとこの家は佐生の祖父が建て、祖父亡き後は佐生の父が相続した。佐生は一人っ子であったので両親亡きあと、家をはじめとする遺産はすべて彼が相続し、後見人の叔父が家の管理もかね同居することとなったのだった。

佐生も瞬の家に転がり込んで来るまではこの家に住んでいた。セキュリティもしっかりしているし、当面は家に帰ったほうがいいかもしれない、と考えているうちにようやく玄関へと到着する。

「いらっしゃい」

どうやら待機してくれていたらしく、ドアチャイムを押すより前に扉が開き、叔母が笑顔で瞬を迎えてくれた。

年齢は五十を越えているはずだが、三十代といっても通るほどに相変わらず若々しい。女優のような美人だが性格は非常にサバサバしており、佐生に対しては実の母親のように叱《しか》りもすれば甘えさせてもくれるという話を本人からも聞いていたし、実際、瞬もそんな二人の様子を自分の目で見てもいた。

「これ、よかったら」

「あら、ありがとう。手ぶらで来てくれてもよかったのよ」

叔母は瞬からサクランボを受け取ると、

「どうぞ」

とダイニングへと案内してくれた。

「よかったら食べてって」

『いらない』と言っていたが、夕食前だと見抜かれていたらしく、テーブルには一人分の食事の用意がされている。

「すみません」

「たいしたものじゃないから。それより、あなたたち二人、ちゃんとご飯食べてるの？

正史は自分が作ってるって言ってたけど、あの子、朝弱いじゃない。作るっていっても夕食だけでしょ？　ちゃんと朝ご飯は食べないとダメよ。頭だって働かないし、身体《からだ》のためにも……」

いつものようにマシンガントークよろしく、こちらが口を挟めないような勢いで喋《しゃべ》り始めた叔母を、瞬はなんとか遮《さえぎ》ろうとした。が、

「ともかく食べて」

と言われては固辞もできず、食事をしている間、叔母のお喋り——というよりは日常生活を送るにあたっての注意をずっと聞かされることになったのだった。

「これ、お持たせだけど」

食後には瞬が持ってきたサクランボが出てきて、二人して食べる段になり、ようやく瞬はしたかった話題を振ることができたのだった。

「叔母さんのところに電話をかけてきたのは、やはり大学の職員じゃありませんでした」

「そうなの？　言われてみればちょっとうさんくさいとは思ったのよね」

サクランボを摘《つ》まんだ指を止め、叔母が眉《まゆ》を顰《ひそ》める。

「うさんくさい？」

「背後がざわついてたし、それにあの子の名前『マサシ』と読んでたし」

「充分怪しいじゃないですか」

なのにウチの電話番号を教えたのか、と、つい声に非難が混じってしまった瞬だったが、

「だから住所は教えなかったんじゃない」

叔母はそう言い返してきて、瞬を唖然《あぜん》とさせたのだった。

「…………」

住所を書いたメモが見当たらないから電話番号だけ教えたと佐生には言ったくせに、と言いたいのが伝わったのか、

「結果オーライよ」

と言い放ち、ますます瞬を唖然とさせたあとに叔母が問いかけてくる。

「で、誰だったの?」

「フリーのルポライターでした。三宅という名前の」

瞬は三宅からもらった名刺を叔母に見せた。

「叔母さんのところにコンタクトを取ってきたことはありませんか?」

「何も書いてないのね」

名刺を取り上げ、ひっくり返してみたあと叔母は、はい、とそれを返してくれつつ、

「ルポライターがあの子になんの用だったの?」

と問うてきた。

「亡くなった父親のことで話を聞きたいと」

「今頃？」

驚く叔母に瞬は、三宅とのやり取りを伝えた。

「酷《ひど》いこと聞こうとしてたのね。本当に腹立たしいわ」

叔母は憤慨《ふんがい》してみせたあと、瞬に向かい改めて頭を下げて寄越した。

「ありがとう、瞬君。正史が嫌な思いをせずにすんだのはあなたのおかげだわ」

「佐生には……正史君には詳しい話はしていませんので」

叔母の口からも伝えないでほしいと告げると叔母は「わかってるわよ」と頷《うなず》き、それにしても、と溜め息を漏《も》らした。

「平成の政治家のスキャンダル特集に、義兄《にい》さんたちの事故が入るのはちょっと違和感あるわよね。そりゃ当時は大きなニュースになりはしたけど、『スキャンダル』というわけではないし」

「与党の幹事長が亡くなったのなら、確かにニュースではありますけど」

瞬は頷いたあと、叔母の逆鱗《げきりん》に触れることを恐れつつ、問いを発してみることにした。

「当時も心中を疑う記事は出たんですか？」

「まさか。ないわよ。だから驚いているんじゃない」

予想に反し、叔母は瞬の問いに怒ることなく、訝《いぶか》ってみせた。

「正史のところに取材が殺到したのは『両親をいっぺんに失った可哀想《かわいそう》な子』を世間にアピールすることで党の人気を高めようとしたんじゃないかと当時は言われていたわ。衆議院が解散になったところで間もなく選挙だったしね。それであの子を留学させたのよ」

「叔母さんのところにも取材は来ました？」

「正史の留学先を聞きには来たわね。でも義兄さんの事故については聞かれたことはなかったと思うわ。主人も含めてね」

「……だとしたら本当に違和感ですよね」

今頃、と首を傾《かし》げた瞬の前で叔母も、

「そうよね」

と訝しそうに首を傾げる。

「……ともあれ、正史のこと、これからも気にかけてやってね」

「それなんですけど」

叔母に対し瞬は、当分の間佐生には家に戻ってもらおうと思う、と切り出した。

「また三宅が来るかもしれませんし。日中、俺はいないので佐生は一人になりますしね」

「ウチは大歓迎だけど、あの子がうん、と言うかしらね」

　叔母が肩を竦《すく》める。

「医者になるならないで、この間主人とついに大喧嘩《おおげんか》になっちゃったのよ。私は好きな道に進めばいいと思うんだけど、主人としてみればあの子の将来を心配してるのよね」

「……まあ、心配もしますよね……」

　自営業である小説家と、大病院の跡継ぎになることが約束されている医師、どちらが将来安定しているかと問われれば、百人が百人、後者というだろう。しかも佐生はまだ『小説家』になれてもいない。それで頷いた瞬に、

「あなたは味方になってやってよ」

と叔母は苦笑してみせ、甥《おい》への愛情の深さを瞬に感じさせたのだった。

　家を辞すとき、叔母は、

「これ、よかったら持っていって」

と、瞬に紙袋を差し出してきた。

「小川軒《おがわけん》のレイズン・ウイッチ。今日、いただいたのよ。あの子も好きだし明日にでも持っていこうと思ってたの」

「……それなら……」

叔母も佐生を案じていたのでは、と気づき、瞬は、自分で持っていかれてはどうかと断ろうとしたのだが、

「会いたくなったら手ぶらでも訪ねていくから大丈夫よ」

と、逆に断られてしまった。

「いつでも帰ってきてと伝えて。面倒に巻き込まれそうだったら特にね」

「はい。ありがとうございます」

レイズン・ウイッチだけでなく、瞬が持参したものより高そうなサクランボも一緒に持たされ、瞬は帰路につくことになった。

地下鉄に揺られながら、叔母から聞いた話を思い起こす。

佐生の両親が亡くなったとき、小学生だった瞬に、校門の外に連日マスコミが押し寄せていた記憶は残っているが、世間的にはどのように受け止められていたかといったことはまるで理解していなかった。

叔母の言いようだと、特にスキャンダラスな報道はされていなかったようである。となるとやはり、なぜ、今頃、という疑問は残るが、それを突き止める必要の有無は、と瞬は考え込んだ。

三宅がもしもこの先、しつこく佐生にコンタクトを取ってくるようなことがあれば、三

宅本人を絞《し》め上げ理由を聞く。今後特に働きかけがなければスルーする。

佐生や彼の叔父《おじ》叔母のためにも、騒ぎにすることはないだろう。帰宅までの間に瞬の中で結論は出たが、何、とはっきりいえないもやもやした気持ちは胸の中に残っていた。


帰宅し、佐生にレイズン・ウイッチとサクランボを渡すと、

「小川軒だ！」

と彼は浮かれた声を上げ、すぐにコーヒーを淹《い》れようとキッチンに向かった。

「佐藤錦《さとうにしき》も美味《おい》しそうだね。食べる？」

「お持たせのを食べてきた。こっちのほうが全然値段高そうだけど」

「叔母さん、値段には頓着《とんちゃく》してないから別にいいんじゃない」

会話を続けるうちに、コーヒーが仕上がり、二人してダイニングで向かい合う。

「夕飯は？」

「叔母さんのところでご馳走《ちそう》になったよ」

「多分それ、叔父さんのだ。帰ってなかっただろ？」

「えっ。そうなのか！」

瞬が恐縮したところで、佐生が、

「で？　なんだって叔母さんのところに？」

と、彼が本来聞きたかったであろうことを話題に出した。

「マスコミが来ていないかを聞きに行ったんだ。それに今回のことも気にしているだろうと思って話しに行った。どうせお前は知らせないと思ったから。心配かけまいとして」

「知らせないほうが心配かけてるって言いたいことはわかった。で？」

佐生が気分を害しているのは伝わってきたが、瞬は気づかぬふりをして彼の質問に答え始めた。

「叔母さんのところにも叔父さんのところにもマスコミ関係者は来ていないそうだ。三宅がコンタクトを取ろうとしてきたこともないって。今頃、と驚いていたよ」

「叔母さんや叔父さんに迷惑がかかっていなかったのならよかったよ」

佐生がそう言い、会話を切り上げようとしたのは、瞬が次に何を言い出すのかも見抜いていたからに違いなかった。

「考えたんだが、暫《しばら》く家に帰ったほうがよくないか？　ここよりお前の家のほうがセキュリティもしっかりしているし、何より叔父さんや叔母さん、日中は家政婦さんもいるから安心だし」

「別にここにいたって危険はないだろ？　ルポライターの一人や二人、俺でも追い払えるよ」

瞬が言い終えるより前に、佐生は食い気味にそう言うと、

「さて、と」

と声を上げ立ち上がった。手にはそれまで彼が打っていたノートパソコンを抱えている。

「そろそろ作業に戻るよ。今日は寝室でやるから。それじゃあな」

「佐生」

「時間ないんだよ」

「佐生」

「……世話になってる身で申し訳ないとは思うけど」

佐生が溜め息をつきながら瞬を振り返る。

「戻れば病院を継ぐよう説得されるのは目に見えている。俺はまだ、夢を捨てたくないんだよ」

「…………」

そう言われるともう、瞬には何も返せなくなった。というのも、叔母はまだしも、叔父

が佐生の小説家になりたいという夢をまったく理解してくれていないということを聞いたばかりだからだった。

理解がないというだけでなく、徹底的に否定すると、以前佐生から聞いてもいた。佐生は辛抱《しんぼう》強く説得を試みたが、何年経っても互いに歩み寄ることができず、叔母によるとついに大喧嘩までしたという。

少しバツの悪そうな顔になりながらも、佐生はそのまま部屋に引っ込んでしまった。仕方なく瞬は一人でサクランボを摘まみながら、果たしてこれからどうすればいいのかと考え始めた。

どうすればいいもなにも、静観しかない。幼馴染《おさななじ》みにして親友でもある佐生の夢を瞬は応援したいと思っている一方で、彼の今後の人生については心配もしていた。

過保護ではないかと自分でも思う。が、どうしても肩入れせずにはいられない。なぜか、と理由を考え、すぐ、佐生の両親の死が関連しているのかもしれないと思い当たる。

佐生の両親が亡くなったことを知ったのは、翌日、テレビのニュースを観てからだった。佐生は大丈夫だろうかと家を訪れようとしたが、松濤の屋敷の周囲をぐるりとマスコミが囲っていて、門まで辿《たど》り着けなかった。

電話も繋《つな》がらず、数日後にようやく留守番電話を聞いたという佐生から連絡があり、家に行ったが、まだ、数名のマスコミは周囲に残っていて、瞬にもマイクを向けようとしたのを、警護の人が遮《さえぎ》ってくれ、それで中に入ることができたのだった。

さぞ悲嘆《ひたん》に暮れているだろうと思っていた佐生は淡々としていたが、それが逆に瞬には痛々しく感じられた。

『ゲームをしてたから生き延びたとか、笑えるよね』

そう笑う彼になんと言葉をかけていいかわからず、瞬はただ、俯《うつむ》いていた。そんな瞬に佐生は、父の弟である叔父が自分の面倒を見てくれるようになったことや、親のことを聞かれなくてすむように留学に出たらどうかと勧められたという話をし、イギリスに行くつもりだという彼の意思を聞いたのだった。

会話は弾むことなく、三十分もしないうちに瞬は佐生の家を辞した。裏門まで佐生は送ってくれたのだが、門を開いた途端に待ち構えていたマスコミがフラッシュを焚《た》き、佐生に両親の死についてマイクを向けてきたので、瞬は挨拶《あいさつ》することもできずにそのまま外へと飛び出し、駆けつけた警護の人間に庇《かば》われ、駅へと向かった。

その後、一度も顔を合わせることなく佐生はイギリスに留学した。慰めの言葉一つもかけてやることができなかった自分を瞬は情けなく思い、佐生に対して申し訳なく感じていた。その気持ちは佐生が帰国し、再び友人として過ごすようになるまでずっと瞬の胸の中にあったのだが、もしや未だに自分は佐生に対して罪悪感めいた気持ちを抱いているのかもしれない。

普段あまりすることのない自己分析をしていた瞬の口から溜め息が漏《も》れる。

罪悪感と友情は矛盾《むじゅん》するように瞬には感じられる。しかし実際のところは、瞬の中で佐生に対し、その二つの感情は共に存在していた。

普段『罪悪感』は影を潜め、意識することはない。久々に思い出した感じだ、と瞬はまたも溜め息を漏らしてしまいながら、佐生にはそれが伝わっていないといいと祈らずにはいられなかった。

翌日、瞬が出勤すると、地下二階の『特能係』には徳永と小池、それにもう一人、見知らぬ若い男がいた。

「あ、来た来た。麻生、紹介するよ。彼、広報の佐伯《さえき》巡査部長だ」

小池が若い男を瞬に紹介してくれる。

「よろしくお願いします」

にっこり微笑《ほほえ》んだ佐伯は黒縁眼鏡《くろぶちめがね》をかけている、ひょろっとした体型の大人しそうな印象を受ける男だった。

「麻生です。よろしくお願いします」

瞬も頭を下げたあと、なぜ紹介されたのだろうという疑問を胸に小池を見る。

「お前が、一度見た人間の顔を忘れないってことを佐伯に話したら、是非《ぜひ》、『桜田門通《さくらだもん》信』に載せたいっていうんで、その取材に来たんだよ」

小池の説明を、佐伯がにこやかに微笑みながら受け継ぐ。

「『桜田門通信』というのは、警視庁の庁内報です。現在はイントラネットに掲載しています。新人特集ということで、麻生君を取材に来ました」

「しゅ、取材？」

降って湧いたような話に、瞬は思わず戸惑いの声を上げてしまった。

「特能であっという間に二人も指名手配犯を逮捕したっていうし、是非、君の能力について聞かせてほしいんだ」

「いや、そんな。俺の能力なんて、そんな取材されるようなものじゃ……」

動揺《どうよう》が収まらなかった瞬は、終始しどろもどろとなってしまったが、結局、佐伯に問われるがまま、ときに小池が入れる突っ込みにも本気で答えたりしているうちに、『取材』

は終わった。

「ありがとう。最後に写真を一枚」

疲れ果てていたところに、レンズを向けられ、撮られた写真は笑顔が引き攣《つ》ったものになった。

「早速編集してイントラに載せるよ。始業前に悪かったね」

それじゃあ、と明るく爽《さわ》やかに佐伯が立ち去っていく。

「小池さん――！」

佐伯がドアを閉めたと同時に瞬はつい、未だ室内に居残っていた小池を恨みがましく見てしまった。

「なんだよ。『桜田門通信』の取材を受けるなんて、滅多《めった》にないことだぜ。一気に顔を売るチャンスじゃねえか」

文句を言われる筋合いはない、と小池は顔を顰《しか》めると、「ねえ、徳永さん」と傍で無言を貫いていた徳永に同意を求める。

「特能係のアピールにもなるし、俺、いい仕事しましたよね？」

「別に係のアピールは必要ないが」

胸を張る小池に苦笑してみせたあと、徳永が瞬に視線を向ける。

「麻生のアピールにはよかったんじゃないか？　この先、『地上』の捜査一課に異動になったときには顔が売れていたほうがいいからな」

「え……っ」

思わぬ徳永の言葉に絶句する瞬に、徳永がニッと笑いかける。

「しかし今はお前は特能係だからな。その特殊な能力を存分に発揮して仕事にあたってくれよ」

「はい……！　はい！　今日も頑張ります！」

まさか徳永が自分の『これから』を考えてくれているとは。嬉しさが瞬の声に表れ、自然と高くなってしまう。

「だからお前は声がでかいんだ」

途端に顔を顰めた彼を見て、小池が思わず噴き出す。

「はい、すみません！」

幾分声のトーンを落としはしたものの、やはり必要以上に大きな声で謝罪した瞬の心は弾んでいたが、このときの彼に近い将来訪れる危機など予測できるはずもなかった。

6

『桜田門通信』に瞬《しゅん》の記事が掲載されたその日の見当たり捜査で、瞬の働きにより新たに指名手配犯を逮捕できたこともあって、今や瞬の名と彼の『特殊能力』は警視庁内に知れ渡ることとなった。

おかげで地下二階の『特能係』には、瞬に興味を持った、さまざまな階級や年代の人間が頻繁《ひんぱん》に訪れるようになり、室内は常に賑《にぎ》やかといっていい状態となっていた。

「本当に一度見た人間の顔を覚えているのかい？」

斉藤《さいとう》捜査一課長までがやってきたことに瞬は驚くと同時に緊張しまくり、徳永が間に入ってくれなければ、満足な受け答えもできずに終わるところだった。

「はい、多分……」

「多分？」

「覚えていますよ。『多分』はこいつなりの謙遜《けんそん》です」

訝《いぶか》しそうに眉《まゆ》を顰《ひそ》めた捜査一課長に、徳永がフォローを入れる。

「謙遜する必要はないよ。しかし凄《すご》いね。素晴らしい能力だ。まさに『特能係』にぴったりの逸材だね」

頑張りたまえと課長に肩を叩かれ、舞い上がって何も言えなくなった瞬のかわりに徳永は、

「いつまでも地下二階では可哀想《かわいそう》ですし、彼の能力は通常の捜査でも充分役に立つと思いますよ」

というアピールまでしてくれ、瞬は徳永の気遣いに心底感謝したのだった。

それでますますやる気が出た、というわけでもないが、瞬と徳永による見当たり捜査は絶好調を極め、三日にあげず指名手配犯を発見しては逮捕に繋《つな》げるという実績を積み上げていった。

「そのうちに週刊誌が取材に来るんじゃないの？」

佐生もまた感心し、是非《ぜひ》小説のネタにしたいと瞬に頼んできたが、それは勘弁してほしい、と断り倒していた。

あれ以降、三宅がコンタクトを取ってくることはなく、ようやく瞬も平穏な日々が戻ってきたと安堵《あんど》することができたのだが、佐生自身はまったく気にしていた様子はなく、目

先の新人賞の締め切りのみが彼の関心事のようだった。

ある日、瞬がいつものように始業の一時間以上前に出勤したところ、執務室に徳永の姿はなく、見覚えのない中年の男が一人、所在なさげに徳永の席に座っていた。

「おはようございます……？」

見るからに階級が高そうだ、と瞬は姿勢を正し、男に一礼した。

「君が噂《うわさ》の麻生君か」

にこやかに笑いながら男が名乗る。

「神崎《かんざき》だ。よろしく頼む」

「は、はじめまして……」

制服を着ている時点で、相当役職が上であることがわかる。こういうときに限ってなぜ徳永はいないのか、と焦りながら瞬は、粗相《そそう》のないよう気をつけねば、と緊張を高めた。と、彼の祈りが通じたのか、ドアが開き徳永が部屋に入ってくる。

「やあ」

「神崎管理官。どうされました？」

常に冷静沈着な徳永が、焦った声を上げている。

「か、管理官？」

まさかそこまで偉かったとは、と瞬は思わず素《す》っ頓狂《とんきょう》といっていいほどの大声を上げてしまった。

「おい」

珍しく徳永が焦った顔になり、瞬を睨《にら》む。

「し、失礼しました。麻生瞬です！」

声の大きさを注意されたとわかっていたはずなのに、直立不動となり名乗った声はやはり高いトーンになってしまった。

「そう、緊張しなくていいよ」

神崎が苦笑しつつ、座りなさい、と、瞬の席を目で示す。

「コーヒーでも淹《い》れましょう」

神崎が徳永の席に座っていたためか、徳永はそう言うと奥へと引っ込もうとした。

「それなら俺が！」

慌てて徳永のもとへと向かった瞬に、

「管理官はお前に会いに来たんだから」

と徳永が返す。

「いやいや、気を遣わないでくれ。興味を覚えたので顔を見に来ただけなんだ。仕事の邪魔をするのは悪いし、私が退散しよう」

と、ここで神崎は立ち上がると、そんな、と振り返った瞬に向かい、

「尚一層の活躍を期待しているよ」

にっこりと笑ってそう言うと、徳永に「それでは」と挨拶《あいさつ》し、そのまま退室してしまった。

「……………ええと……」

自分の何がマズかったのか、と瞬はおそるおそる徳永を見た。

「なんだったんだ？」

徳永は瞬以上に戸惑った顔をしていた。

「本当にお前の顔を見にきただけだったのか？」

「……わかりません」

徳永の問いに、瞬は首を傾《かし》げるしかなかった。

「何か話したか？」

「いえ。挨拶しただけです」

「おかしなことは言わなかったんだな？」

「たぶん……」

『おかしなこと』とは何を指すのか。今一つわからなかったが、自分が発したのは挨拶と名前のみだった、と、神崎との邂逅《かいこう》を思い起こす。

「確かにお前は今や『ときのひと』ではあるが、それで顔を見に来ただけなのだとしたら、管理官も随分《ずいぶん》暇だな」

徳永がぼそりと呟《つぶや》くのを聞き、

「暇って！」

失礼じゃないのか、と瞬は思わず声を上げてしまった。

「ここは地下二階だぞ。何かのついでに寄るような場所じゃない。まあ、暇は言い過ぎだが、よほどお前に興味があったんだろう」

徳永が少しバツの悪そうな顔になるのを見て、瞬は思わず笑ってしまった。

「笑っている場合じゃない。コーヒー飲んだら出かけるぞ。今日は新宿からスタートだ」

徳永が持っていた雑誌で、ぽん、と瞬の頭を叩《はた》く。配属されてひと月が経とうとしている今、瞬は徳永とかなり打ち解けることができていた。

徳永の第一印象は、いかにも愛想がない、エリート然としたとっつきにくい男というものだったが、毎日一緒に過ごすうちに、いろいろな面が見えてきた。

愛想はないが、冷たいわけではない。それどころか随分と面倒見がいいことは、先日、佐生のことで頼むより前に協力を申し出てくれたことや、捜査一課長に対して瞬を売り込んでくれたことからもよくわかっている。

エリートはエリートなのだろうが、見当たり捜査に関する努力は相当なものであることは瞬も日々目《ま》の当たりにしている。今や徳永は瞬にとっては信頼でき、そして尊敬する上司という存在になっていた。

徳永の瞬に対する評価は未だ『声のでかい新人』のままではないかと、瞬本人は思っている。自分の『特殊能力』については認めてもらっている自負はあるが、生来備わっている『能力』だけでなく、刑事としての自分の実力を一日も早く認めてもらえるよう、徳永に負けない努力を積み重ねていくのだと、瞬は心に決めていた。

既にコーヒーメーカーは徳永がセットしてくれていたので、瞬は彼の分と自分の分、それぞれのマイカップに淹れ、デスクへと戻った。

「あ」

徳永のデスクにコーヒーを置くとき、先程それで頭を叩かれた週刊誌の表紙を見た瞬の口から思わず声が漏《も》れる。

表紙に書かれていたのは『政治家スキャンダル　平成編』という文字だった。もしや、と瞬が問うより前に、徳永が雑誌を差し出してくる。

「前にお前の友達のところに取材に来た、フリーのルポライターが言っていた特集記事はおそらくこれだろう」

「読んでいいですか？」

問いながら瞬は週刊誌のページを捲《めく》り、真ん中あたりでかなりのページ数を割《さ》いているその特集記事を読み始めた。

「不倫だの横領だの……本当に『スキャンダル』ばかりですね。どうして佐生の父親の死が取り上げられようとしていたのか……」

「俺もそれは思った」

コーヒーを飲みながら、徳永が頷《うなず》く。

「大物政治家の突然死だから、当時はマスコミも騒いだが、事件性については端《はな》から疑惑の欠片《かけら》もなかったと、当時を知る人間も言っていた。メディアでも自殺だの心中だの、そうした報道は一切されなかったし、そう思わせるような背景もなかったということだ」

「調べてくださったんですか」

わざわざ申し訳ない、と頭を下げようとした瞬に、

「ただの興味だ」

と徳永は言い捨て、話をそこで終わらせた。

「まあ、その後三宅がコンタクトを取ってくることもなかったというし、こうして雑誌は出たしで、ひとまずは安心、と思っていいんじゃないか？」

「ありがとうございます」

本当に、と尚も頭を下げようとするのを、徳永が言葉で遮《さえぎ》る。

「わかったらもう、出かけるぞ。コーヒー飲まなくていいのか？」

「あ、飲みます。せっかく淹れたので」

ぶっきらぼうな口調ではあるが、要は照れているのだとわかるだけに、瞬は思わず笑いそうになった。が、笑えば徳永が不機嫌になることがわかっているので堪《こら》え、コーヒーを飲みながら指名手配犯のファイルを捲る。

徳永もまたページを捲っていたが、そのとき携帯のバイブ音が響き、瞬は顔を上げ、音のほうを——今まさに内ポケットからスマートフォンを取り出した徳永を見やった。

「電話なんて珍しいな。どうした？　ああ、先日はありがとう。助かった」

どうやら親しい人間からかかってきたもののようで、フランクな口調で対応し始める。聞き耳を立てるのも悪いな、と再びファイルに意識を集中させようとしていた瞬だったが、

「なんだって!?」

と徳永が彼にしては珍しく大声を上げたことに驚き、顔を上げた。

「……わかった。知らせてくれてありがとう。また何かわかったら教えてくれ」

相手にどうも時間的余裕がなかったらしく、早々に電話は切られた。どうしたのかと聞いてもいいだろうか、と瞬が見守る先、徳永がくっきりと眉間《みけん》に縦皺《たてじわ》を刻みながら口を開く。

「新宿西署の友人から連絡があった。三宅の遺体が西口公園で発見されたそうだ」

「ええっ」

今、まさに話題にしていたところじゃないか、と瞬は思わず大声を上げてしまっていた。

「殺されたんですか？」

勢い込んで尋ねた瞬に、徳永が頷く。

「他殺であることは間違いない」

「一体誰が……」

瞬は今や呆然《ぼうぜん》としていた。

下司《げす》と罵《ののし》りはしたし、あのときには心の底から腹立ちを覚えた。しかし死んだほうがいい、などという感情は抱かなかった。

命を奪われるような何を、彼はしたというのだろう。ただただ声を失っていた瞬に、徳永が声をかけてきた。

「予定を微妙に変更して、新宿西口公園に行ってみるか」

「えっ」

三宅の遺体が発見された場所に行こうというのか。なぜ、と、戸惑いから声を上げた瞬に徳永が思いもかけない言葉を告げる。

「我々の業務からは少し外れるが、犯人は現場に戻るというのは鉄板だからな。現場周辺で三宅と会ったファストフード店にいた人間を見かけたらすぐ合図を送れ」

「わかりまし……え？」

わけがわからないながらも頷きかけた瞬だったが、最後の最後で徳永がなぜそのような指示を出したのかを理解し、思わず問い返してしまった。

「まさか、佐生に取材に来たことが、殺害に関係していると徳永さんは考えているんですか？」

「考えてはいない。しかし可能性はゼロじゃないだろう？」

「…………」

徳永の答えに瞬は、それはそうだが、と思いはしたものの、頷くことはできなかった。

「お前の友達を疑っているわけじゃないから安心しろ」

何も言わずとも徳永には瞬の気持ちはお見通しらしく、即座に言葉を足すと、

「第一、三宅はその後コンタクトを取ってきていないんだろう？」

先ほど話題に出たじゃないか、と笑顔を向けてくる。

「はい」

「そもそも俺としても、まず関係ないだろうとは思っている。ただ、数週間前に自分が接触した人間が殺されたことに興味を覚えたというだけだ」

「それは俺も興味があります」

接触どころか、怒鳴りつけた相手であるし、と瞬もまた頷くと、

「そうした興味は警察官としては必要だと、個人的には思っているからな」

と徳永はニッと笑ってそういい、瞬の肩を叩いた。

「ともかく、行ってみよう。現場で新宿西署の連中から情報を得られるかもしれない」

「はい！」

いつものように返事のトーンが上がったのを受け、徳永がいつものセリフを口にする。

「大声を出す必要はないって言ってるだろう」

「あ、すみません」

瞬もまたいつもの調子で頭をかいたものの、自分も、そして徳永もどこか『作っている』感があることを意識していた。

なんとなく、嫌な予感がする。自分にはまだ備わっているとは到底思えないが、これが『刑事の勘』というものかもしれない。

ちらと見やった徳永の横顔にも、いつになく緊張感が漲《みなぎ》っているように見える。それでますます緊張を高めてしまいながら瞬は徳永のあとに続き、特能係をあとにしたのだった。

新宿西口公園の一角にはブルーシートが張られ、大勢の鑑識係や私服の刑事たちが慌ただしく出入りしていた。

事件があったことが明らかであるためか、周囲を野次馬が囲んでいる。瞬は徳永に目で合図され、野次馬をざっと見渡した。

「…………」

見覚えのある顔はない。瞬が首を横に振ると徳永は、

「少し歩くか」

と先に立って歩き始めた。どうやら徳永は公園の中や周辺を一周しようとしていたよう

で、あとに続きながら瞬は、行き交う人の顔を意識して眺め、もといた現場付近に戻ってきたとき、やはり見覚えのある人間はいなかったと徳永に伝えた。

「そうか。やはり無関係ってことだろうな」

徳永は頷くと、ブルーシートのほうへと視線を向けた。

「ああ、ちょうどいい。紹介しよう」

長身でガタイのいい男が、若い細身の男とともに張られたシートの間から出てきたのを見て、瞬にそう声をかけ歩き出す。瞬が焦らずにはいられないような速足で徳永は男二人に近づいていくと、ガタイのいい男に向かい声をかけた。

「やあ。さっきは電話、ありがとう」

「いいってことよ。それより、いいところに来た。お前からも事情聴取したかったからよ」

近づいてみると男の服装はまるで暴力団関係者が着るもののようだった。容貌《ようぼう》はラテン系というのか、くっきりした目鼻立ちで整ってはいるのだが、何せガラが悪い。しかも自分以上に声のトーンが高い、と瞬は思わず徳永を見やった。

「事情聴取か。ということは犯人の目星はまったくついていないってことだな」

徳永は顔を顰《しか》めることなく、笑顔で男に問うている。ちょっと不公平だと思ったのが顔

に出たのか、男が瞬へと視線を向け、

「あ、もしかして」

と明るく声をかけてきた。

「噂《うわさ》の新人か？　一度見た人間の顔は忘れないっていう」

「は、はい！」

男の声につられ、瞬の返事も大声になってしまった。周囲の鑑識係が驚いたように振り返る。

「元気だな」

男は笑うと瞬が名乗るより前に、

「新宿西署の高円寺《こうえんじ》だ。よろしく」

と右手を差し出してきた。

「よ、よろしくお願いします。麻生瞬です」

握手だろうか。日本では初日の徳永以外に、あまり求められたことはない。顔だけじゃなく、マインドもラテンなのかと思いながら瞬は男の――高円寺の手を握り、高円寺もまた強く瞬の手を握り返してきた。

「こいつの家は新高円寺だ」

横から徳永がそう告げるのに、

「なんだ、縁があるな」

と高円寺が笑ったあと、

「で？」

と、徳永と瞬を順番に見やり、問いかけてきた。

「被害者とのかかわりは？　疑ってるわけじゃねえから安心していいぜ。こっちのお兄さんから問い合わせがあって間もなく、本人が死んだとなっては、聞かないではいられねえだろ？」

「高円寺は色々顔が広くてな。三宅が新宿を根城にしているとわかったので問い合わせたんだ」

『お兄さん』と呼ばれた徳永が、瞬に状況を説明をしたのは、佐生の名を出していいかという判断を自分に委《ゆだ》ねてくれたことかと瞬は察した。

できることなら避けたいが、そうも言っていられない。仕方がない、と瞬は諦め、

「実は」

と三宅が佐生にコンタクトを取ってきたことから、自分が阿佐ヶ谷のファストフード店で彼と揉《も》めた経緯を高円寺に説明した。

「佐生一郎……懐かしい名前だな」

高円寺は興味深そうに聞いていたが、背後から誰かに呼ばれ、

「おう、今行く」

と振り返った。

「今の話、個人的には気になるが、殺害とかかわりがあるかは微妙だな。また話を聞かせてもらうかもしれねえが、今日のところはとりあえずそんなところで。それじゃ、またな」

徳永と瞬、二人に挨拶《あいさつ》をした高円寺が、

「ああ」

と徳永を振り返る。

「三宅の情報の出所はいつもの情報屋からだ。興味があったら店に行ってみるといい。場所は前に教えたよな？　今ならまだ、ギリ後片付けで店にいると思うぜ」

「ありがとう。行ってみるよ」

徳永は笑顔で答えると、わけがわからずにいた瞬へと視線を向けた。

「情報屋に会いにいってみよう」

「情報屋？」

すごい、ドラマのようだ、と声を弾ませた瞬を徳永がじろりと睨《にら》む。

「浮かれるなよ。あと、情報屋のことは捜査一課の連中には内密にな」

「わかりました。誰にも言いません」

即答した瞬に徳永は「調子いいな」と呆《あき》れてみせながらも、それでいい、というように頷《うなず》いてみせた。

そのまま徳永と瞬は西口公園を出て、東口のほうへと向かった。移動中も瞬は、行き交う人の中に自分が『見た』ことのある人間はいないだろうかと意識を集中させていたが、阿佐ヶ谷のファストフード店にいた人間を見つけることはできなかった。

そうこうしている間に目的地に到着したのだが、場所は新宿二丁目、店はどう見てもゲイバーであることに戸惑っていた瞬にかまわず、徳永は店のドアを開いた。

カランカランとカウベルの音が響く中、既に明かりの消えていた狭い店内、カウンターの中にいた男——と思われる——が、機嫌の悪そうな声を上げる。

「もう閉店よ。何時だと思ってるの」

「高円寺さんの紹介で来ました。前にフリーのルポライターの三宅のことについて調べてもらった者です」

「あら。なんだ。あいつの知り合い？　ってことは刑事？　よく見たら二人ともイケメンじゃない。どうぞ、座って。何か飲む？」

いきなり愛想良くなった男——にも見え、女性にも見えるその人物は、エキゾチックな雰囲気《ふんいき》の『美人』だった。

徳永に続き瞬もカウンターのスツールに腰を下ろしたのだが、近くで見ると随分《ずいぶん》と化粧《けしょう》が濃いなという感想を抱くこととなった。

それが伝わったのか、じろ、と瞬を睨んだあと、一変して笑顔になると彼は徳永に向かい、シナを作るようにして名前を告げた。

「ミトモです。あなたは？」

「警視庁の徳永です。そっちは新人の麻生」

「本庁。エリートね」

「いや、どちらかというとはみ出し者です」

「その顔で『はみ出し者』ってほうが萌《も》えるわ。どうはみ出してるのか、教えてほしいなあ」

「それはまたおいおい」

押せ押せでくる彼——どうやら情報屋と思《おぼ》しき男を徳永が軽くいなす様を、瞬はただただ、感心しながら眺めていた。

「三宅が殺されたことは？」

「聞いたわよ。びっくりしたわ。でも心当たりはさっぱりよ。ヤクザとのかかわりもなかったし、掃《は》いて捨てるほどいるケチなルポライターって感じで。仕事絡みじゃなくて痴《ち》情《じょう》のもつれとかじゃないの？　女遊びは派手だったっていうし」

「そう……ですか」

徳永は頷いたあと、ちら、と瞬を見やった。

「え？」

なんだろう、と考え、すぐ、佐生の名を出そうとしていることに気づく。

『情報屋』であれば逆に口は硬いのではなかろうか。信用問題にかかわるだろうし、と頷くと、徳永もまた、わかった、というように頷き、口を開いた。

「三宅のことを調べてもらったのは、彼が佐生一郎について調べていたからでした。それについて何か、情報はありませんか？」

「佐生一郎？　三宅が？　いや、それは初耳だけど、全然別のところで最近聞いたわね、その名前」

「えっ」

「どこでです？」

思わず上げた瞬の声と、ミトモに向かい身を乗り出した徳永の声が重なって響く。

「今更って話よ。実は女性に関するスキャンダルがあったっていうの。亡くなったから記事はお蔵入りになったけど、もし生きていたらワイドショーを騒がせていたところだったって」

「あり得ません。佐生のお父さんに女性関係のスキャンダルなんて」

考えるより前に声を発していた瞬の前で、ミトモが驚いたように目を見開く。

「あら、どうしたの？　熱血ね」

「佐生一郎の息子と友達なんだ」

またも徳永が瞬のかわりに答えてくれ、ミトモが、

「あら、そうなの？」

と瞬に確認を取る。

「はい。夫婦仲はとてもよかったと思います」

全力で否定した瞬にミトモは、

「子供にわかるようにはしないでしょ」

と身《み》も蓋《ふた》もないことを言ったあとで、

「でもまあ、今となってはどうでもいいことよね」

と肩を竦《すく》めた。

「……スキャンダル……ああ、そうか」

と、ここで徳永が何か思いついた声を出す。

「なに？」

「なんですか？」

今度はミトモと瞬の声が重なって響いた。つい、顔を見合わせた二人に、徳永が彼の考えを告げる。

「週刊誌で特集していた『平成の政治家スキャンダル』に三宅はそれを載せるつもりだったんじゃないか？　十五年前、女性スキャンダルの記事が出ることを苦に病んだ佐生代議士が妻を巻き添えに心中した、もしくは妻が夫を許せず無理心中に持ち込んだ、と」

「そんな……事実無根です」

言い返したものの、瞬もまた、徳永の考えには同調していた。瞬を佐生と勘違いした三宅に聞かれた内容を思い出したからである。

『ご両親はもしかして心中だったんじゃないか……だから子供の君を家に残して二人で出かけたんじゃないかと気づいたんだけど、何か覚えていることはないかな？』

なぜ心中などと言い出したのかと、あとから瞬は疑問に思ったのだった。というのも、当時のことを改めて調べてみたが、衆議院解散で選挙を控えていたものの、政局は比較的安定しており、佐生の父の立場が危ぶまれるような事件も出来事も起こっていなかったためだった。

子供だけが生き残りはしたが、当時も『心中』『自殺』といった扱いではなかったことも、新聞記事で確かめた。なのになぜ、と訝《いぶか》っていたが、三宅が佐生の父の女性スキャンダルを摑《つか》んだとしたら、理由になる。

摑んだのは『スキャンダル』ではなく、『スキャンダルがあった』という情報かもしれない。瞬の視線は自然とミトモのほうへと向いていた。徳永もまた、ミトモを見ている。

「わかってるわよ。佐生一郎の女性スキャンダルについて今更噂《うわさ》にした人間を突き止めればいいんでしょ。アイツの紹介ならお友達料金でやってあげるわよ」

やれやれ、というようにミトモが溜め息をつきつつも、ニッと笑って頷いてみせる。

「よろしくお願いします！」

思わず声が弾んだ瞬に対し、ミトモと徳永が二人して、

「朝から元気ねえ」

「うるさいぞ」

と注意を促す。

「……すみません……」

確かに狭い店内に反響し、やかましかった、と反省している瞬に対しミトモは、

「徹夜明けにはキツいけど、おかげで目が覚めたわ。まかせて」

と気遣いしてくれながら胸を張ってみせ、最初化粧が濃いなどと思ってしまったことに対しても瞬は心から反省したのだった。

7

フリーのルポライター、三宅を殺害した犯人の目処《めど》は、数日経っても立っていないということで、捜査は長引く見込みだと、担当することになった捜査一課の小池が情報を地下の『特能係』にもたらしてくれた。

三宅の死はニュースでも報道されたので、佐生や佐生の叔母《おば》も気にしているのではないかと瞬は案じていたのだが、二人にそんな様子はなかったので敢《あ》えて触れずにすませていた。

瞬も三宅殺害の件は気にしていたし、徳永もまた気にしているのではと思われたが、二人の仕事はその件の捜査ではなく『見当たり捜査』である。

それをおろそかにはできないと、瞬は徳永と共に、いつものように繁華街《はんかがい》へと出かけていき、指名手配犯を見つけるべく意識を集中させていたが、頭の片隅には常に三宅のことが引っかかっていた。

今日、瞬と徳永は中央線沿線を東京から下っていた。午前中に神田《かんだ》駅、お茶《ちゃ》の水《みず》駅で張り込み、午後には高円寺を、夕方に阿佐ヶ谷駅に降り立った。

「…………」

阿佐ヶ谷といえば、三宅と待ち合わせたファストフード店が駅前にある。あのときいた客を数名見かけたが、考えるまでもなく当たり前のことか、と瞬は心の中で呟《つぶや》き、意識を指名手配犯の写真に集中させた。

結局、午後六時になっても一人の指名手配犯も見つけることができず、その場で解散となった。

「お疲れ様でした」

電車のホームは、徳永は上り、佐生は下りとなる。ラッシュアワーゆえ混雑するホームで挨拶《あいさつ》をし、地下鉄乗り換えにいい場所へと瞬は移動しようと歩き始めた。

ちょうど、上りの電車が到着したため、降りた乗客がホームに溢《あふ》れる。と、比較的ホームの端を歩いていた瞬は背を強く押され、そのままホームから転落しそうになった。

「危ない！」

声を上げ、腕を摑んでくれたのは気配を察したのかすぐ前を歩いていた若い学生で、彼が振り返って咄嗟《とっさ》に手を伸ばし、瞬の腕を摑んでくれなければ、間違いなく瞬はホームの下に落ちていた。

「大丈夫ですか」

「どうした?」

「何があった?」

瞬の周囲に一瞬、人垣ができる。

「ありがとうございました」

だが瞬が助けてくれた学生に礼を言っているところに電車が入ってきたため、ホームはまた乗り降りする客の流れができていった。

「無事でよかったです」

学生もまた笑顔でそう言うとそのまま電車に乗っていったが、瞬はその場に留まり、周囲を見回した。

間違いなく今、自分は、背を押され、ホームに突き落とされそうになった。混雑してたまたま押されたわけではない。ホームから落とそうという意図を持って強く押されたことは確信できる。

しかし一体誰が? 既にその人物は電車に乗ってしまっただろう。それでも一応、瞬はホームを見渡してみたが、それらしい人物も、そして瞬の見覚えのある人物も見つけることはできなかった。

瞬は駅員に警察手帳を見せ、今、自分が突き落とされそうになったことを明かした。もしや『悪戯《いたずら》』として常時起こっているのではと案じたからだが、駅員は、

「そうしたことはないと思います」

と青ざめながらも否定し、ホームにある防犯カメラの映像はすぐに提出すると瞬に告げた。

瞬は一応徳永にも連絡をしておこうと電話をしようとしたが、移動中かと思い、メールで知らせることにした。

自身も家に戻りながら瞬は、果たして自分の身に起こったことは現実なのか、と思わずにはいられなかった。

愉快犯だろうか。そうとしか思えない。自分の命を奪おうと、若《も》しくは怪我《けが》をさせようとする人間に一人の心当たりもない。

恨みを持たれるとしたら、見当たり捜査で逮捕された犯人の関係者だろうか。しかし逮捕したのは瞬ではなく、捜査一課の刑事たちで、瞬の名が表に出ることはないはずだった。

考えているうちにマンションに到着し、エントランスを入る。と、スマートフォンが着信に震えたため、画面を見ると、割れた画面に浮かんでいたのは徳永の名だった。

「はい、麻生です」

『ホームから落とされかけたというのは、どういうことだ？』

徳永は既に家に到着しているようで、周囲は静かだった。

「ホームで強く背を押され、落ちそうになったんです。あれは偶然身体《からだ》が当たった、とかではなかったと思います。幸い、近くの人が腕を引いてくれたおかげで落ちずにすみました」

『落とそうとした相手は見たか？』

「いえ、背後からだったので。駅員に頼んで防犯カメラの映像を提出してもらうことになっています」

『……そうか……』

徳永は考え込むようにして言葉を途切れさせた。

「自分を狙ったのか愉快犯なのかは明日、映像を観るとわかるかもしれません」

『そうだな。しかし気をつけろよ』

徳永は何か思うところがあったようだが、結局はそれだけ言い、電話を切った。それが気になりはしたが、明日聞けばいいかと思い、瞬もまたオートロックを解除し、エレベーターへと向かった。

「あ、おかえり」

瞬が玄関の鍵《かぎ》を開けようとすると、扉が開き、佐生が顔を出した。

「びっくりした」

なぜ自分が鍵をあけようとしたのがわかったのかと目を見開いた瞬に、

「いや、今ちょうど、宅配便が来てさ」

と佐生が手にしていた小さな段ボール箱を示してみせる。

「誰あて？」

自分か、と問うた瞬に佐生は、

「いや、俺なんだけど……」

と訝《いぶか》しげな顔をしている。

「どうした？」

「叔母さんからだけど、叔母さんこんな字書かないし、このくらいの小さな荷物なら持ってくるはずなんだけど……」

「ちょっと貸して」

嫌な予感がする、と瞬は佐生から箱を受け取り、彼の言う宛名《あてな》を見た。確かに叔母の字とは違う。まさか、と箱に耳を当てたのは、時限爆弾ではないかと案じたためだった。

「えっ」

佐生もそれがわかったのか、ぎょっとした顔になっている。

「これ、持ってきたのは？」

「若い男だったけど、そういやいつもの宅配業者じゃなかったような……」

不安そうな顔になる佐生を伴《ともな》い、瞬は段ボール箱を置いて部屋を出ると、ロビーまで下り、そこから徳永に電話をかけた。

『わかった。すぐ行く』

徳永は即答すると、警察には自分が連絡すると言い、電話を切った。

「……部屋に戻ろうか」

その様子を見守っていた佐生が瞬に声をかける。

「いや、ここにいよう」

「……まさか、時限爆弾とか、本気で思ってないよな？」

佐生が笑いながら問うてくる。彼の顔が引き攣《つ》っていることに気づいた瞬は、何か安心させるようなことを言おうとしたのだが、言葉が浮かんでこなかった。

「叔母さんに聞いてみるよ」

何も言わない瞬を気にしつつ、佐生はポケットからスマホを取り出し、かけていたが、

「留守電だった」

とすぐに耳から離し、瞬を見る。

「……なあ、なんか言ってくれよ」

「……徳永さんが色々、手配してくれると言ってたから」

まずはそれを待とう、と瞬は、今やすっかり顔面蒼白となっている佐生に、大丈夫だ、と頷《うなず》き、安心させてやろうとしたが、自分がこうも不安に苛《さいな》まれている状態では上手《うま》くいったとは思えなかった。

ロビーで待っていると間もなく、徳永が呼んでくれたと思《おぼ》しき爆発物の処理を担当する科学捜査班が専用車でやってきたので、瞬は部屋に戻り、届いた段ボール箱を彼らに渡したのだが、すぐに車中で行われた調査の結果、中には爆発物が仕込まれており、箱を開くと同時に爆発するように仕組まれていたことがわかった。

「爆発はさほど広範囲に影響は及ぼさないものでしたが、充分、殺傷能力はあるものです」

「……そんな……」

科学捜査班からの報告を聞き、瞬は青ざめるしかなかった。

「……俺が殺されかけたということ……？」

佐生の顔もますます青ざめ、恐怖で引き攣っていた。瞬は彼に、暫《しばら》く叔父《おじ》の家に滞在したほうがいいと告げ、いつもであれば反発する佐生も大人しくそのアドバイスに従った。

刑事二名に付き添われ、佐生は松濤の叔父の家へと向かうこととなった。

「……一体誰が俺なんかを殺そうとしたんだろう……」

まるで心当たりがない、と動揺《どうよう》する佐生に瞬は、自分も殺されかけたところだということは明かさずにいた。ますます動揺させると思ったからだが、佐生は何かを感じ取ったのか、

「お前も本当に気をつけろよ」

と真剣な目でそう言い、車に乗り込むときも名残惜《なごり》しそうに瞬を何度も振り返っていた。

その後、瞬は徳永と共に警視庁へと向かい、捜査一課の会議室で今回の件の捜査を担当することとなった小池ら三係の面々に状況を説明した。

「阿佐ヶ谷駅と麻生のマンションの防犯カメラの映像が届いた。確かに阿佐ヶ谷駅で麻生を突き落とそうとする人物が映っているが、帽子とマスクで顔を隠しているため若い男ということしかわからんな」

しかも防犯カメラの位置を把握《はあく》しているようで、ごく僅かしか映っていないと聞き、やはり計画的な犯行なのかと、瞬は震撼《しんかん》とせずにはいられなかった。

佐生に爆弾を渡したのは宅配業者を装《よそお》った若い男で、業者の制服に似た服装をしていたが会社に問い合わせたところ該当者《がいとうしゃ》はおらず、偽者だということがわかった。

提出された映像では、こちらも防犯カメラを意識して避けている様子が映っていた。

「やはり帽子にマスクか。しかし同一人物ではないな」

映像を観ながら徳永が小池に意見を求める。

「違いますね。鑑識からの報告では、箱にも爆発物にも一つの指紋も残っていなかったそうです。佐生華子《はなこ》さんとも連絡が取れましたが、当然ながら宅配便など送ってはおらず、自分の名前が使われたことに関しても心当たりはないとのことでした」

「叔母《おば》さんもショックを受けているだろうな……」

言うつもりはなかったが、心で思っていることがつい、ぽろりと瞬の口から零《こぼ》れ出た。

「ショックというよりは憤《いきどお》ってたよ。そして不思議がっていた。佐生正史さんが命を狙われる理由がわからないと。人に恨みを買うには人とかかわりを持つことが必要だろうに、このところ引きこもりでまったく出歩いてないはずだって。そうなのか？」

小池がそれをきっちり拾った上で瞬に問いかけてくる。

「確かにそのとおりです。新人賞の締め切りが近いからと、このところずっとウチで執筆していたと思います。出るとしても近所のコンビニやスーパー、それにカフェくらいだったと」

「執筆って、小説家？　ああ、『新人賞』ってことは小説家志望か」

小池が自分の問いに自分で答えを見つけたあとに、

「今まで、人から命を狙われたなんてことはなかったんだろう？」

と確認を取ってくる。

「ありません。人柄的にも人から嫌われるタイプではないです」

瞬の答えに徳永もまた頷くと、改めて視線を瞬へと向け、問いかけてきた。

「お前も狙われる心当たりはないよな？　人から恨みを買うような性格じゃないもんな」

「ありません。生まれて初めてです」

どんなに考えても、恨みを買ったり、殺されるほど憎まれたり、という相手は思いつかない。首を傾《かし》げた瞬を見て小池は、

「まあ、単純そうだもんな」

とある意味失礼なことを言ったあと、徳永に向かい問いかけた。

「同じタイミングで麻生と佐生さん、二人して命を狙われるというのは偶然なんでしょうかね？」

「必然な気はする。もう一つの事件も」

徳永の答えに、小池が、

「もう一つの事件？」

と問いかける。

「三宅……」

瞬の頭にも、殺されたルポライターの顔が浮かんでいた。三宅が佐生にコンタクトを取ってきた数週間後、三宅は殺され、その直後に自分と佐生が命を狙われている。

「三宅？　あのルポライターか……」

小池の懐疑的な顔となる。

「麻生と佐生さんの件はともかく、三宅殺しはどうだろう。かかわりといっても一度、取材を申し込まれて、それを麻生がかわりに受けたってだけだろう？　ああ、その場には徳永さんもいたか」

「三宅殺しの犯人も捕まっていないんだろう？」

徳永に問われ小池は「そうですけど」と唸《うな》る。

「そこは慎重にいかせてください。三宅の女関係で容疑者が出そうなんです」

「まあ、そうだよな」

徳永はすぐに納得したような返事を返したものの、顔を見ればそれが本心ではないことは瞬にも、そしておそらく小池にもわかっていた。

「ともあれ、当面は身辺に気をつけろよ。暫く警察の独身寮にでも入ったらどうだ？」

また爆弾が届くかもしれない、と小池が瞬を案じる。

「そうですね……」

そうさせてもらおうかと考えていた瞬の横から徳永が、思いもかけない言葉を告げた。

「それならウチにくるといい」

「えっ」

「徳永さんの家？」

戸惑いの声を上げた瞬に続き、小池もまた驚いたように問いかける。

「ああ。ソファで寝るのでいいのなら、すぐ来てくれてもかまわない」

「いいなあ。徳永さんの家なら徒歩通勤ができるじゃないか」

小池に羨《うらや》ましそうな声を上げられたが、瞬はどうしようかと迷っていた。

自分が誰かに命を狙われているのだとしたら、徳永の家に世話になることで迷惑をかけるかもしれない。佐生宛《あて》に届いたような爆弾が届けられでもしたら、せっかくの徒歩圏内にある住居がめちゃめちゃになる。

遠慮《えんりょ》したほうがいいだろう、と判断し、瞬はそれを言おうとしたが、それより前に徳永が口を開いていた。

「何より俺が安心だ。自分の目の届くところに常にお前がいることが」

　心配してくれていることがよくわかる言葉に、瞬は感激した。が、それだけに迷惑はかけられないと首を横に振る。

「爆弾が届くかもしれません」

「なぜ犯人にお前の居場所がわかると思うんだ。心当たりでもあるのか？」

「いや、ないですけど……」

　でも、と尚も断りの言葉を告げようとする。

「尾行されるかもしれませんし……」

「尾行に気づかないこと前提で言うなよな。刑事なら」

　徳永の指摘に瞬は、確かにそのとおり、と自分の言葉を恥じた。

「……すみません」

「尾行されたらチャンスだよな。引っ捕まえて絞《し》め上げればいい」

　小池が明るく笑い、瞬の背をバシッと叩く。

「まあ、徳永さんといたほうがお前にとっても安全だろう。職場も家も一緒で息がつけなくなりそうだが、そこんところは諦めろ」

「ち、違います。そこを嫌がってるわけじゃ……っ」

まるでそれが自分の本心のように言われ、瞬は慌てたが、小池も徳永も最早《もはや》、瞬の言葉を聞いてはいなかった。

「それじゃあ、また何か動きがあったら連絡します」

「頼むぞ。当面、麻生は内勤にすると課長に言っておいてもらえるか?」

「わかりました」

瞬抜きで会話は進み、瞬は徳永と共に部屋を出ると、そのままエレベーターへと向かった。

「一度家に戻って、荷物をまとめるか」

瞬は徳永のマンションに、はっきり『行く』と言ったわけではないが、最早それが既成事実となってしまったようだった。

「……申し訳ないです」

迷惑をかけることになる、と頭を下げた瞬の肩を、徳永がポンと叩く。

「謝る必要はない。そうだ。家に戻る前に新宿に行ってみよう」

「新宿?」

なぜ、と問おうとした瞬は徳永の答えを聞き、いつものように大声を上げることとなった。

「例の情報屋から連絡があったんだ。話を聞きに行こうじゃないか」

「何かわかったんですね！」

「声がでかい」

いつものように徳永が眉間《みけん》に縦皺《たてじわ》を刻み、瞬を睨《にら》む。

「すみません……っ」

首を竦《すく》めながら瞬は、きっと徳永は意識して『いつもの』やり取りをしてくれているのだろうなと察し、彼の気遣いへの感謝の念を深めたのだった。


新宿二丁目の情報屋のバーは、客で賑《にぎ》わいそうな深夜近くの時間だというのに、閑古鳥《かんこどり》が鳴いていた。

「待ってたわよ」

客がいなくてちょうどよかった、とカウンター内で笑っているミトモは、朝より『美人』に見えたが、それもメイクの賜《たまもの》かもしれない、と瞬はこっそり心の中で呟《つぶや》いた。

「ありがとうございます。それで？」

スツールに腰を下ろすと、何を言うより前に、ミトモが二人にハーパーの水割りを作ってくれる。

「アイツのボトルだから気にしないでいいわよ」

「いや、気にしますよ。あとで一本入れますね」

徳永はそう言うとミトモに再度、

「それで何がわかったんです？」

と問いかけた。

「佐生一郎の心中疑惑、噂《うわさ》の出所はこの間『平成の政治家スキャンダル』の特集を組んだ編集部だったわ。なんでもその特集を組むために平成元年から三十一年の間の歴代編集長を訪ねてネタを募《つの》ったところ、ちょうど十五年前の編集長で、とっくの昔に出版社を辞めてる人から、佐生一郎の女性スキャンダルが雑誌に持ち込まれた話を聞いたんですって。結局記事にはしなかったから幻のスキャンダルだったわけだけど」

「持ち込まれた？　どこからです？」

徳永が眉《まゆ》を顰《ひそ》め、問いかけたのに、

「それが上層部らしいわ。本当なのかガセなのかも確認できなかったそうよ」

ミトモは答えたあと、

「しかもね」

と心持ち声を潜め、言葉を足した。

「佐生代議士が亡くなったのでスキャンダル記事は取り下げになったんだけど、内容についても掲載予定だったことについても当時、箝口令《かんこうれい》が敷かれたそうよ。理由も明かされなかったって。編集長本人がもう会社を辞めているし、口止めをした役員も亡くなっているので、それで今更話題に出たんですって」

「しかし結局、記事は出なかった。佐生君への取材に失敗した上に警察官がかかわっているとわかったから……ですかね」

徳永が考えつつ告げたのに、

「逆だったみたいよ」

とミトモが意味深に笑う。

「警察が出てきたとなると、実はこのネタには信憑《しんぴょう》性があるのでは、と、掲載予定だったのが、ギリギリで上からストップがかかり、掲載は見合わされたって」

「ストップの理由については？」

「今回も明かされていない上、三宅が殺されたので、この件にはそれこそ、箝口令が敷かれているそうよ」

「箝口令再び、ですか」

徳永が頷《うなず》いたあと、視線を瞬へと向けてくる。

「におうな」

「……はい」

やはり三宅の死には、佐生一郎の記事がかかわっているのでは。瞬が考えたことを徳永もまた、考えているようだった。

「気になるわよね」

ミトモも同じ意見なのか、頷きそう告げてから、

「こんなもんでいいかしら？」

にっこり微笑《ほほえ》み、問うてくる。

「非常に助かりました」

徳永もまた笑顔で答えると、ポケットから財布を出した。

「おいくらですか？」

「気持ちでいいわよ」

二人のやりとりを聞き、瞬もまた財布を出そうとしたが、徳永は目で、しまっておけ、

と瞬の動きを制すると、数枚の一万円札をミトモに握らせた。

「うふふ、誰かと違って景気がいいわね」

ミトモは嬉しげに笑ってそう言うと、

「これからもよかったら使ってちょうだい」

バチ、とウインクし、その日の支払いはナシでいいと、二人を送り出してくれた。

店を出た瞬と徳永は数日分の着替えや日用品を取りに瞬のマンションへと向かい、その後は徳永の自宅を目指した。

「お邪魔します……」

都内一等地にある徳永の部屋は、豪奢《ごうしや》な高層マンションの低層階にあり、中に入った途端瞬は、

「すごい……」

と感嘆《かんたん》の声を上げてしまった。

広々としたリビングダイニングはモノトーンを基調としており、落ち着いた雰囲気《ふんいき》と共に高級感を醸《かも》し出している。

「モデルルームみたいですね」

思わずそう言ったあと、もっと褒《ほ》めようがあったのではと反省していた瞬を振り返り、

「モデルルームだったんだ」

と徳永が淡々と告げる。

「え？」

「モデルルームとして使っていた部屋を家具付きでそのまま買ったんだ。忙しかったから、ちょうどよかった」

「なるほど」

そういうことか、と瞬はぐるりと室内を見渡した。

「そのソファで寝るといい。冷蔵庫には水と酒しか入ってないが自由に飲んでくれ」

「ありがとうございます」

ついでに他の部屋も見せてもらいたいと思っていたのが通じたのか、そのあと徳永は瞬に室内を案内してくれた。

広々とした主寝室と、書斎にしているという六畳《じょう》ほどの部屋があったが、まるで散らかっておらず、やはり『モデルルームのようだ』という感想を瞬に抱かせた。

「散らかす暇がないだけだ」

徳永は瞬の賞賛をあっさりとそう返すと、

「少し飲むか」

と誘い、二人はダイニングテーブルの向かいの席に座ると冷蔵庫から徳永が出してきてくれた缶ビールで乾杯した。

徳永の言うとおり、冷蔵庫には水とビールしか入っておらず、つまみの類《たぐい》はなしで、ただ、ビールを呷《あお》る。

「状況を整理しよう」

ビールは慰労のためではなく、会話のきっかけだったたか、と瞬は気づき、喉《のど》の渇《かわ》きから飲み干そうとしていた銀色の缶をテーブルに置いた。

「はい」

「事実だけ列挙する。お前がホームから突き落とされかけ、佐生君のもとに殺傷能力のある爆弾が届いた。その前に、佐生君に父親の死について取材を申し入れてきたルポライターの三宅が何者かに殺されている」

「佐生の父親のスキャンダルについては、過去と今、二度にわたって箝口令が敷かれている……やはり偶然ではない気がします」

瞬の発言に徳永は頷いたあとに、

「決めつけるには早いけれどな」

と言葉を足すことを忘れなかった。

「まずは佐生一郎の死についてだが、前に調べたところ、事故死として処理されているし、お前の話からも自死ではないということだったな?」

「子供の頃の記憶ですが……」

瞬は改めて、佐生の両親と最後に顔を合わせたときの様子を思い起こしつつ、状況を説明し始めた。

「あの日は学校が登校日で、そのまま佐生に誘われて家に行き、ゲームをしていました。夜になって佐生のお父さんが帰ってきて、予定では佐生も一緒に夜のうちに軽井沢《かるいざわ》の別荘に行くはずだったのを、俺とのゲームで決着がつかなくて、翌日一人で行くと言い出して……」

『新幹線にも乗りたいから一人で行く』

主張する佐生に、両親は呆《あき》れて顔を見合わせたが、翌朝だと渋滞に巻き込まれるだろうし、佐生が一人で新幹線に乗りたいとだだをこねだしたのもあって、予定どおり夜のうちに出発することになった。

東京駅までは秘書が佐生を車で送ることとなり、私用の、しかも息子の切符の手配までも秘書に頼むことに対して、母親は申し訳なさそうな様子をしていた。一方、佐生は初めての一人旅――といってもたった一時間ちょっと新幹線に乗るだけだが――に興奮し、ひどくはしゃいでいたことを思い出す。

『本当に我々だけ先にいくのでいいんだな？』

『気をつけるのよ』

父親も母親も、実際、佐生を連れていきたそうだった。が、結局、佐生が我儘《わがまま》を通したのだ。

心中するつもりにはまるで見えなかった。佐生と一緒に玄関の外、ＳＰと共に父親の運転する車を見送ってから家の中に入り、またゲームに戻ったのだったが、車に乗り込むまでも、乗り込んだあとも、両親とも明るい笑顔だった。

「……事件性はないと思います」

思い出したことをすべて話したあと、瞬はそう締めくくった。

「心中の可能性は低い……ほぼないことはわかった」

徳永が頷き、ビールを呷る。つられて瞬も再び缶に手を伸ばしビールを呷りかけたのだが、続く徳永の言葉には驚きのあまり噎《む》せてしまったのだった。

「しかし事件性はないとは断言できない。自死でも事故でもなく、他殺の疑いはあるんじゃないか？」

「ぐふ……っ」

咳《せ》き込む瞬に慌てて徳永が、

「大丈夫か？」

と問うてくる。

大丈夫なわけがない。今まで少しも考えたことのない可能性に直面し、すっかり動揺《どうよう》していた瞬の脳裏《のうり》には、家族で過ごす夏休みを楽しみにしている様子だった佐生の両親の明るい笑顔が蘇《よみがえ》っていた。

8

翌日、徳永と共に朝早くに出勤すると瞬は、改めて彼と共に、佐生一郎の事故死について調べはじめた。

「事件性は始めからないとされていて、たいした捜査は行われていないんだな」

碓氷峠《うすいとうげ》に向かう途中の崖《がけ》から車が落ちたのが深夜近い時間だったため、目撃情報もなく、また、車は大破していたので遺体の損傷も激しく、解剖《かいぼう》などはなされなかったということがわかった。

「そういえば、ご遺体は黒焦げで、佐生には見せられなかったと叔母《おば》さんも言ってました」

いたましそうにそう告げたときの佐生の叔母の様子を思い出していた瞬の口から溜め息が漏《も》れる。

「……にしても……」

一通り目を通したあと、いつも彼が朝食を買っているという近所のカフェで購入したオリジナルエッグサラダサンドを手にとり、徳永がぼそりと呟《つぶや》く。

「はい……？」

瞬もまた、柚胡椒《ゆずこしょう》味がきいている卵サンドを頬張《ほおば》りながら相槌《あいづち》を打ち、徳永を見た。

「もしも佐生一郎の死が関係しているのだとしたら、お前はなぜ、命を狙われたと思う？」

「……三宅から何かを聞いたと思われたんでしょうか……？」

首を傾《かし》げた瞬に、徳永が更に疑問をぶつけてくる。

「そもそも、佐生君を、今、狙う理由もわからないな」

「確かに。両親の死について佐生も、佐生の叔父《おじ》さんや叔母さんも、事故だったと少しの疑問もなく考えていましたし」

となると、佐生の父親の死は関係ないのだろうか。わからなくなってきてしまった、と溜め息を漏らした瞬に、徳永が何か思いついた顔になり問うてきた。

「佐生君は小説の新人賞に応募していると言ってたな。最近彼が書いた話で、両親の死を匂《にお》わすような内容があった、ということはないか？」

「……なかったと思います。高校生が主人公で、事件も学校内で起こったんじゃなかったかと……」

　佐生に頼まれて、提出前の原稿をいつも読むのだが、自動車事故を扱ったものは今までなかった。そのことに改めて気づいた瞬は、やはり佐生にとっては両親の死はかなりのトラウマなのかもしれないとやりきれなさを覚えた。

「週刊誌の特集で佐生一郎の死が取り上げられることになったのが今のタイミングだ。それについて調べていた三宅が殺され、三宅がコンタクトを取ったと思われたお前が命を狙われた。佐生君はお前から何かを聞いたと思われ、それで狙われた……いや、苦しいな」

　徳永が推論を組み立てていき、最後の最後で首を横に振る。

「……あの……」

　瞬も途方に暮れていたため、最初に立ち戻ってみようと、徳永に問いを発した。

「なんだ」

「そもそも、佐生の両親が殺されたとするのなら、手段として考えられるのは、何になると思いますか？」

「車に細工《さいく》をする……運転していたのは佐生一郎だったな。彼に睡眠薬を与える、碓氷峠で待ち伏せ、身体《からだ》の自由を奪った状態で車を峠から落とす……。当日は夜遅く、豪雨となったとのことで、路上の痕跡もほぼとることができなかったと報告書にあったな」

「……車に細工と睡眠薬は、どちらもあの夜、佐生家にいた人間にしかできないですよね……」

殺害方法について、徳永が列挙したものを一つずつ考えてみよう。可能性として考えられるのは、と瞬は呟いたのだが、それを聞いて徳永が、

「おいっ」

と声を上げた。

「え？」

「お前が狙われた理由！」

「ええ？」

徳永はすっかり興奮しているようだった。なぜに、と眉《まゆ》を顰《ひそ》めたと同時に、瞬にも彼の言う『理由』がわかり、

「あ!!」

と大声を上げる。

いつもであれば注意されるレベルの声だったが、今日の徳永はそれをすることなく、彼もまた大きな声でその『理由』を叫んだ。

「お前の特殊能力だ！」

「車に細工したか睡眠薬を用意したところを、あの夜、佐生の家にいた俺に見られたと思ったってことですね！」

だからこそ狙われたのかと瞬もまた興奮しかけたが、すぐ、

「ちょっと待ってください」

とあることに気づき、徳永に声をかけた。

「なんだ？」

「俺が、一度見た人の顔は忘れないっていうことを知ってるのは、警察関係者だけです」

「なんだって!?」

徳永はますます大きな声を上げたが、すぐ、はっとした顔になった。

「そうか。お前にとってそれは当たり前のことだったから、敢《あ》えて人には言っていなかったんだったな」

「はい」

「その後は誰にも言ってないのか？」

徳永の問いに瞬は考え、唯一告げた相手を思い出した。

「佐生には言いました」

「佐生君がそれを誰かに言っていないか、すぐ確認するんだ」

今、徳永は酷《ひど》く厳しい表情を浮かべていた。

「はい……」

その理由は、と考えるまでもなく、瞬は理解し、慌てて画面のヒビを保護フィルムで覆《おお》うことで誤魔化《ごまか》しているスマートフォンを取り出し、佐生にかけはじめた。

『どうした?』

佐生はすぐ応対に出たが、声音《こわね》は存外落ち着いており、どうやら爆弾を送られたショックからは立ち直りつつあるようだった。

「突然悪い。俺が会った人間の顔を覚えてるって話、誰かにしたか?」

『誰にも言ってないよ』

訝《いぶか》しそうにしながらも佐生はそう答えたあと、

『そのうちネタにしようと思ってるし』

と言葉を続け、結構立ち直りが早いなと瞬は安堵《あんど》しながらも、ネタにする前には許可を得ろよと言い返しそうになった。が、今はそれどころじゃない、と再度確認する。

「叔母さんにも喋《しゃべ》ってないよな?」

『ないよ。叔母さん、スピーカーだもん。一番喋っちゃいけない人だって瞬も知ってるだろう?』

「ありがとう。また電話する。気をつけろよ」

確認を終えると瞬は、まだ喋りたそうにしている佐生に対し、悪いと思いつつそう告げ電話を切った。

「徳永さん」

「……ああ」

電話の様子で、佐生が誰にも喋《しゃべ》っていないと察したらしい徳永の顔は青ざめていた。瞬も自分の顔から血の気が引けていることを自覚する。

「……しかし……」

暫《しば》し見つめ合った後《のち》、徳永が咳払いをし、口を開いた。

「お前は、佐生一郎夫妻の死は事故死だと認識していた。ということは、当時、何も見ていないということなんじゃないか？」

「……そのとおりです」

頷《うなず》いたあと瞬は、再び佐生夫婦を最後に見た瞬間を、目を閉じて思い出そうとした。

さすがに家を出る両親を見送らないわけにはいかないということで、佐生と瞬はゲームを中断し、見送りに出た。気持ちがすっかりゲームにいっていたので、佐生と二人してそわそわし、気もそぞろだったことも思い出した。

両親が車に乗り込む。窓を開け、佐生の母が、新幹線では気をつけるようにと佐生に注意をした。思えばあれが佐生と母の最後の会話だった。

「…………」

違う。思い出すのはそこじゃない。しかしいくら考えても、自分は『何も見ていない』としか思えない、と瞬は目を開き、首を横に振った。

「……やはり、怪しい動きをした人間は誰も見ていません」

「しかし相手は見られたと勘違いをし、お前を狙った……だとしたらお手上げか」

最後、ぼそ、と呟《つぶや》いた徳永の言うとおり、いくら瞬でも『見ていない』人物の顔は覚えていない。溜め息を漏らしそうになった瞬だったが、

「おい」

と徳永に声をかけられ、はっとして彼を見た。

「はい」

「今お前、『怪しい動きをした人間は見ていない』と言ったな？」

徳永の目は真剣で、ギラギラと表現するに相応《ふさわ》しい、異様なほどの輝きが宿っていた。

「は、はい」

なんだろう。予感めいた思いがぞわぞわと瞬の身体を這《は》い上る。

「あの日、佐生家にいた人間を全員、思い出せ。ごく普通の動きをしている人間もすべてだ。一人残らず思い出してみろ」

「……は、はい」

徳永のあまりの迫力に臆してしまいそうになった瞬だが、すぐ、自分を取り戻すと必死で記憶を辿《たど》り始めた。

「佐生……と両親、いつものお手伝いさん、秘書が二人……」

家の中にいたのはそのくらいだった。見送りのときに、外で見たのは――。

「それに、SPが二人……いや、三人」

「それだ！」

途端に徳永が高い声を上げる。

「え？　あ……っ」

瞬は驚いたが、すぐ、徳永の指摘に納得した。

「SPは警察関係者だからですね！」

「顔は？　見たのか？」

徳永が身を乗り出し、問いかけてくる。

「外はもう、暗かったので……」

玄関前の車寄せで、ダークスーツを身につけたSPが三名、見送るために立っていた。国会から父親を送ってきたという彼らの同行を、休暇中は不要だと父親が断っていたことを今、瞬はうっすらと思い出したものの、あのときは気持ちがすっかりゲームにいっていたし、長身の彼らを背後から見ただけで顔まではきっちり見ていない。

考え込んでいた瞬を見て徳永は、記憶にないとわかったらしく、

「当時、佐生代議士のSPが誰だったか、調べる術《すべ》はおそらくあるに違いない」

と、立ち上がろうとした。

「……すみません」

あのとき、注意深く見ていればよかったのに。ゲームになど夢中にならずに。十五年前の自分の情けなさを反省し、頭を下げた瞬の肩を、徳永がぽんと叩く。

「謝る必要はない。気にするな」

そのとき、瞬の頭にある光景が浮かんだ。

『気にする必要はないよ』

運転席に乗り込みながら、佐生の父が、ドアを開いたSPに笑いかけ、SPが頭を下げている。

ドアを閉めたあと、そのSPはノブのあたりをポケットから出したハンカチで拭いてい

たので、手でも汚れていて車を汚したのかと思われた。

すぐにSPは他のSPと同じく、瞬たちの斜め前方に戻りきっちりと姿勢を正して立った。

あのSPだけ、顔を見た——気がする。どんな顔だったか、と思い起こしていた瞬の口から、高い声が漏れた。

「いた！」

「何が？」

いきなりの大声に驚いたのか、徳永の声もまた高くなる。

「いました！　警察関係者で俺があのとき見た人物が！」

そうだ。なぜあのとき思い出さなかったのか。それは視界には入っていたものの、気持ちが余所《よそ》にいっていたため『見た』という自覚がなかったからだった。

必死で意識を集中させ、その光景を思い出すことができた。そこでようやく瞬は、ここ最近、警察内で『見た』同じ顔を見出《みいだ》すことに成功したのだった。

「誰だ？　それはっ」

徳永も興奮しているようである。瞬もすっかり興奮していたが、その名を告げた途端、自分がいかに考えなしだったかということを自覚することになった。

「管理官です！　神崎管理官！　あのとき、あの場にいたSPの一人は確実に神崎管理官でした！」

「なんだって!?」

徳永が唖然《あぜん》とした顔になり、絶句する。

「……あ……」

あたかも、自分の命を狙ったのは神崎管理官であるのと同意であると告げていると気づいた瞬もまた絶句した。

重苦しい沈黙が暫し流れたが、それを破ったのは徳永だった。

「とにかく、調べる。確か神崎管理官はもとSPだと聞いたことがあった。十五年前、佐生代議士の警護をしていたか、即、確認をとろう」

きっぱりと頷いた徳永の目には、依然として強い輝きがある。警察という縦社会で彼は、管理官を断罪する決意を固めたのかもしれない。ごくりと唾《つば》を飲み込んでしまいながら瞬はそんな上司を頼もしく思うと同時に、どれほど無謀《むぼう》なことを自分たちがしようとしているかという意識をも高めていったのだった。

その日の夕方には、神崎管理官が十五年前にはＳＰであり、佐生一郎の警護をつとめたことがあるという事実がわかった。

が、当日に警護の担当だったかは、何の資料も残っておらず調べようがないという結論に達したという。

「捜査一課長に相談したのは間違いだったかもしれないな」

瞬と共に帰宅した徳永は、ビールを飲みながらそう、溜め息をついた。

「管理官の耳には入れないようにすると言ってくれたのを信じるしかない」

「……あの、徳永さん」

見当たり捜査をしながら瞬は、もしも自分や佐生の命を狙ったのが神崎だった場合、どういう結論に達するのかと考えていたのだが、導き出した答えがあまりに信じがたいものだったため、確認を取りたい、と徳永を見た。

「なんだ」

「神崎管理官は佐生の両親を殺したんでしょうか。車のドアノブが汚れたのは、たとえばブレーキの細工《さいく》をして手が汚れていたから……と、そういうことなんでしょうか」

「俺もそう考えている。しかし動機に関しては見当がつかない」

徳永も唸《うな》り、ビールを呷《あお》った。

「十五年前、佐生一郎には女性スキャンダルが報じられようとしていました。亡くなったあとには箝口令《かんこうれい》が敷かれた。死者を鞭打《むちう》つようなことは気の毒だからという理由ではなく、もしも報道されれば、三宅のように心中を疑う者が出てくるのを恐れたからではないでしょうか。要は事故死のままにしておくための箝口令だったのではないかと思うんです」

「スキャンダルも捏造《ねつぞう》されたものかもしれない」

徳永が考え考え、瞬の話のあとを継ぐ。

「当初はそのスキャンダルで佐生代議士を失脚させる予定だった。佐生代議士に何かを気づかれたか、若《も》しくはなんとしても佐生代議士の口を塞《ふさ》ぐ必要が出てきたかで、命を奪うこととなった……そういう流れだったのではないかと思う」

「……そうか。今になって、佐生の両親が心中だと騒がれたとしても、それが他殺ではないかと疑われることはないが、スキャンダル自体が捏造だったら、心中説はなくなり、なぜ捏造したのかと深追いする人間が出てくるかもしれない……まさに三宅は深追いをした結果、消されたのかもしれませんね」

うん、と頷《うなず》いた瞬に徳永もまた頷き返したが、すぐ、

「しかし、今のところなんの証拠もない」

と、抑えた溜め息を漏《も》らす。

「お前をホームから突き落とそうとしたのは若い男だったことからも、管理官は実行犯ではない。そもそも、佐生代議士を殺す動機が、当時ＳＰだった管理官にあるとは考えがたい。スキャンダルの捏造も一《いち》ＳＰには難しいだろう」

「組織ぐるみで警察がその……かかわっている可能性は……」

問いながら瞬は、そうあってほしくないと祈っていた。

「ないと信じたいな」

完全に否定しなかった徳永の顔にも祈りが現れている。またも暫《しば》しの沈黙が流れたが、今度それを破ったのは瞬だった。

「明日からどうしましょう」

「……神崎管理官に貼りつこう」

どうやら徳永は既に行動を決めていたようで、ほぼ即答に近い形でそう言うと、じっと瞬を見つめてきた。

「本来だったら俺一人でやりたいところだが、お前の能力なしにはできないことなんだ」

「……なら、俺一人でやります」

人の顔を覚える能力が必要ということなら、自分一人がすればいい。神崎がクロであってもシロであっても、彼を捜査対象とした時点で、警察官としての未来は閉ざされるに決まっていた。

新人の自分にとって、気の毒だと徳永は思ってくれたに違いないが、それはそのまま、徳永にも当てはまる。

そもそも自分はもともとの事件の関係者であるので、かかわらないわけにはいかない。だが徳永はとばっちりといってもいい。

自分が部下として入ってこなければかかわることもなかったのだ、と瞬は徳永を見返し、きっぱりした口調で言葉を重ねた。

「徳永さんのご迷惑にはなりたくありません」

「馬鹿。迷惑も何も、犯罪者を逮捕するのが警察の仕事だろうが」

徳永がむすっとした顔でそう言い捨て、手を伸ばして瞬の頭をパシッと叩く。

「痛《いて》」

「いて、じゃない。管理官のスケジュールは俺がなんとかして入手する。外出先で彼が出会う人間、すべてを頭に叩き込め。間違っても尾行に気づかれるんじゃないぞ」

「わ……わかりました！」

もとSPである神崎に気づかれぬよう尾行することなどできるだろうか。そこが一番心配だと案じながらも瞬は、犯罪者であればたとえ警察の人間であっても逮捕を辞さないという徳永の高い倫理《りんり》観に感動していた。


翌日、出勤した徳永と瞬を待ち受けていたのは、捜査一課長の難しい顔だった。

「特能係を廃止する動きが出ている」

「えっ」

高い声を上げたのは瞬ばかりで、徳永は淡々としていた。

「予想はしていました。思ったより早いタイミングでしたが」

「頼むから無茶はせんでくれ。動くときは必ず相談しろ。いいな」

課長は無表情のままそう言うと、ぽん、と手にしていた書類を机に放るようにして置き、特能係の部屋を出ていった。

「……徳永さん……」

呼びかけた瞬を振り返ることなく徳永はその書類を開いたのだが、ふっと笑うと瞬に見えるように差し出してきた。

「神崎管理官の今週のスケジュールだ。頼むより前に課長が持ってきてくれるとは思わなかった」

「……見逃してくれると、そういうことなんでしょうか」

だといいのだが、と願いつつ問うた瞬に、

「静観、くらいだろうな」

と徳永が笑う。

「管理官の外出は午後からだ。午前中は新宿でいつものとおり見当たり捜査にかかる。相手もおそらく、こちらの動きを気にかけているに違いないから、気を引き締めろよ」

「わかりました……っ」

緊張が増す思いがしながらも返事をした瞬に、

「声が大きい」

と徳永がいつもの注意をしてくる。

「はい」

おかげで入りすぎていた力が抜けた、と頷いた瞬を見て徳永は、それでいい、というように笑うと、見当たり捜査にあたるべく指名手配犯のファイルを開き、ページを捲《めく》り始めたのだった。

新宿での見当たり捜査で瞬は、指名手配犯を一人発見した。そのまま徳永と共に尾行し、手配犯が自宅に戻ったところで既に連絡を入れていた捜査一課の小池らに引き渡すと、正午に神崎が訪れる予定にしている竹橋《たけばし》駅近くの学士会館《がくしかいかん》に向かった。

十一時五十分、予定通り神崎管理官は学士会館に現れた。中に入ることはさすがにできず、外で待機していると、一時間ほどして神崎は現れたが、車には乗らずにそのまま地下鉄へと向かっていった。

「追うぞ」

気づかれないように、と瞬に注意をしつつ、徳永が歩き出す。返事をすれば目立つ、と瞬は唇を噛《か》んで頷くと徳永に続いた。

神崎の目的地は新宿で、地下鉄を降りると彼は西口へと向かった。尾行を気にしているのか、神崎が時折背後を振り返る。そのタイミングが徳永にはわかっているようで、すっと柱の陰や人波に身を隠すのに倣《なら》い瞬も神崎の視線をなんとか避けようとした。

西口から徒歩十分以上のところにある高級ホテルに神崎は入っていった。徳永は一瞬、入るのを迷ったようだが、意を決した顔になると、

「今まで以上に気をつけろ」

と瞬に言い置き、ホテル内に足を踏み入れた。少し遅れて瞬が入ったのは、二人でいた

ほうが目立つ、と思ったためだった。

神崎の姿を探すと、彼はちょうどエレベーターに乗り込むところだった。彼と共に十人以上の客と思《おぼ》しき人間がその箱に乗り込んだところでドアが閉まる。

「お前はここでエレベーターを見張っていてくれ。万一、管理官が下りてきたとしても一人で尾行はするな。俺が戻るまで待て。いいな？」

瞬に何を言わせる隙《すき》も与えず、徳永はそれだけ言うとその場を離れていった。一体彼はどこで何をするつもりなのかと疑問を覚えはしたが、あとで聞けばいいことだ、と瞬は意識を六基あるエレベーターに集中させた。

柱の陰から見守っていたが、あまり動かないとホテルの従業員に疑われかねないと気づき、チン、とエレベーターが到着する音がしていない間は、まるで待ちぼうけを食らっている相手のように、その場をうろうろすることで誤魔化《ごまか》そうとした。

三十分ほど経ったとき、一基のエレベーターの扉が開き、神崎が降り立った。瞬は咄嗟《とっさ》に周囲を見回し、徳永の姿を探したが、見つけることができなかったため、その場で神崎の動きを目で追う。

「…………」

すぐ、瞬は違和感に気づいた。神崎と共に箱を下りてきた、彼の周囲の五、六人は間違いなく、乗り込んだときの面子《めんつ》と同じだった。ダークスーツを着ているが、一見してまっとうな職業についているようには見えない男が三人、まあまともに見える男が三人。誰一人として先程見た以外には見覚えがない。記憶に焼き付けよう、と凝視していると、ぽん、と背中を叩かれ、瞬は思わず声を上げそうになった。

「……っ」

口を手で覆われたおかげで気づかれずにすんだ、と息を吐き、振り返る。

「つけるぞ」

瞬の口を塞いだのは、いつの間にか戻ってきていた徳永だった。低くそう囁《ささや》いてきた彼に瞬は頷《うなず》くと、気配を消すことを心がけつつ神崎の尾行を始めた。

神崎はその足で警視庁に戻った。捜査一課長が渡してくれた予定では夕方に一件、外出があったはずだが、予定が変わったのか外に出ることはなく、ほぼ定時に警視庁を出て帰路についた。

帰宅は送り迎えの車が用意されているとのことだったが、さすがに尾行は気づかれるだろうということで先回りをし自宅近辺で張ったところ、神崎はどこに寄ることもなく帰宅した。

三十分ほど様子を見たが、出かける気配はなかったので、瞬は徳永と共に警視庁に戻った。

エレベーターで見かけた男たちの話はすでに移動中にしていたのだが、警視庁に戻ると徳永は、瞬を組織犯罪対策部へと連れていった。

「徳永さん、どうしたんです?」

徳永が訪ねたのは、見るからに清楚《せいそ》な雰囲気《ふんいき》の美女の席だった。

「紹介する。彼が特能の麻生巡査部長。麻生、組織犯罪対策部の鬼こと、鬼島《きじま》警部補だ」

「鬼!」

「もう、名字だけですってば」

鬼――ならぬ鬼島はじろ、と徳永を睨《にら》んだが、さすが『鬼』だけあって迫力があった。そのためすっかり臆してしまった瞬を振り返ると彼女は、

「あなたが噂《うわさ》の新人君」

とにっこり笑いかけてきた。

「イントラ見たわよ。すごい能力よね。今日も逮捕したんでしょう? 特能係の未来も明るいわね」

「それがそうでもないんだ。ともあれ、例のもの、見せてもらえるか?」

瞬が何を答えるより前に、横から徳永がそう言ってきたのに、

「わかってる。こっちよ」

と鬼島は答えると、瞬を一台のパソコン前に連れていき、座らせた。

「クリックすると次々写真が出てくるから。わからないことがあったらその辺の人に聞いてね。頑張って」

それじゃあ、と笑顔を残し、風のように去っていった彼女の後ろ姿を見送っていた瞬に徳永が声をかけてくる。

「これは警察が把握《はあく》している暴力団員のデータベースだ。この中から今日、神崎管理官と一緒にエレベーターに乗り込み、下りた人間を探す。いいな？」

「……なるほど。わかりました！」

元気よく返事をした瞬に対し、いつものように注意することなく、徳永が同情的な視線を向け口を開く。

「写真、三万枚はあるから」

「えっ」

そんなに、と絶句した瞬の肩を徳永がぽんと叩く。

「今日中に終わらせようとか、考えなくていいぞ」

「……は、はい」

それは泊まり込めと、そういうことでしょうか。

確認を取るまでもなく、それが正解だろうとわかっていただけに瞬は大人しく返事だけすると、ともかく探そう、とパソコンを操作し、暴力団員たちの写真を次々眺め始めた。

9

　翌日、朝一番に瞬は徳永と共に、捜査一課のフロアにある会議室で斉藤捜査一課長と向かい合っていた。同席は三係の小池、それに組織犯罪対策部の鬼島というメンバーである。

「麻生が朝五時までかかって探し出しました。昨日、神崎管理官が新宿のPホテルでエレベーターの上りと下り、共に乗り合わせていたのは東京龍宝会《りゆうほう》の構成員に間違いありません」

　言いながら徳永が、プリントアウトした写真を五枚、課長の前に並べる。

「偶然、上りも下りも同じ箱に乗るという確率は著《いちじる》しく低いでしょう。鬼島警部補によるとPホテルの一室は東京龍宝会が面談のために抑えているとのことです。また、上りは間に合いませんでしたが、下りのエレベーターから降り立つ神崎管理官と構成員たちの写真は抑えました。撮ったのは鑑識の桜井《さくらい》です」

　もう一枚、徳永は写真を一課長の前に置き、じっと顔を見つめた。

そんな写真を鑑識に撮らせていたとは、初耳だ、と瞬は思い、その写真があれば自分が一人で三万枚もの暴力団関係者の写真を眺めることはなかったのでは、と気づいたが、今となってはもう、どうでもいいか、と憤《いきどお》りを忘れることにした。

「………………」

課長は暫《しばら》く写真を眺めていたが、やがて、はあ、と大きな溜め息を漏《も》らすと顔を上げ、口を開いた。

「実際、神崎管理官はまるでノーマークだった。だが徳永の指摘で彼の身辺調査をした結果、彼の口座に不明瞭な入金が長年に渡って頻繁《ひんぱん》にあることがわかった。おそらく、東京龍宝会がらみだろう」

「となると動きますか」

「ああ。今日、監察官による事情聴取が行われる予定だ」

厳しい表情のまま課長はそう言うと、視線を瞬へと向けてきた。

「正直、私も、それに上層部も、非常に戸惑っている。まさか、という気持ちが強い。君の友人でもある佐生正史君にはどう詫《わ》びていいか……と申し訳なく思っている」

「……佐生……」

この件が明らかになればまた、佐生のもとにマスコミが殺到することになるかもしれない。彼のトラウマがまた発動しないといいが。心の中で溜め息を漏らしたのが聞こえたかのようなタイミングで課長が口を開く。

「ともかく、すべては今日の事情聴取次第だが、佐生君にはできるかぎり迷惑のかからないようにという配慮《はいりょ》は忘れないつもりだ。その部分のフォローも君には頼みたい。よろしく頼むよ」

「はい……はい……っ」

佐生を護るためにはどんなことでもしたいと思う、と頷いた瞬に課長もまた笑顔で頷くと、

「ところで」

と徳永へと視線を向けた。

「監察官から、事情聴取の際のお前の同席、許可が下りたから。宜《よろ》しく頼むぞ」

「ありがとうございます、課長」

徳永が笑顔で礼を言う。

「今後暫くはマスコミが警察を叩くだろう。胃の痛い毎日が続くが、まあ、自業自得《じごうじとく》ともいえるな。早いうちに膿《うみ》が出せてよかった。よくやってくれたよ、徳永」

課長もまた笑顔で徳永に礼を言ったあとに、

「特能係の廃止も神崎が言い出したことだから、間違いなく撤回《てっかい》されるだろう。これからもよろしく頼むよ」

と右手を差し出した。

「ありがとうございます」

徳永もまた笑顔でその手を握り返し、会議室にいた皆の顔に笑みが浮かんだ。

「神崎の事情聴取は十時からだったな。彼もここまで証拠が揃《そろ》っていては言い逃れもできんだろう」

捜査一課長が立ち上がるのに倣《なら》い、徳永をはじめ室内にいた皆が立ち上がった。

「それではまたあとで」

そう告げた課長に徳永と瞬は頭を下げた。

「お疲れ。長い一日になるだろう」

捜査一課長が苦笑し、部屋を出る。

「確かに、長い一日になりそうね」

肩を竦《すく》め、鬼島も出ていく。

「しかし驚きました」

小池は複雑な表情を浮かべていたが、すぐに、「それでは」と頭を下げ、一課長のあとを追って部屋を出た。

　会議室内には徳永と瞬の二人が残される。

「佐生君にとっても、つらい日々になりそうだな」

　溜め息と共に徳永がそう言い、瞬を見る。

「……どうでしょうね」

　瞬は答えかねた。が、不幸な事故だと思っていた両親の死が他殺とわかれば、彼の中で何か決着が付くかもしれないと、そんなことも考えた。

　佐生の夢を応援したいと思う。それだけに彼の『夢』が何かからの逃避でないといいと願わずにはいられない。

　両親の死に関する真実が佐生にどのような影響を及ぼすかはわからない。が、自分はしっかり彼の今後を親友として見届けたいと願う。その決意を新たに頷いた瞬に、徳永は何かを言いかけたが結局は何も言うことなく、

「部屋に戻ろうか」

　と声をかけ、先に立って歩き出したのだった。

寝不足もあって、瞬は少しぼんやりしながら、徳永のあとに続いていた。

「あ、コーヒー、切れているな」

コーヒーメーカーを操作しようとした徳永がそう言い、

「ちょっと、買ってくる」

と言い置くと部屋を出ていった。

「…………」

買いに行くとしたら自分だったのではないか。今更気づき、瞬は、慌ててあとを追おうとした。

朝の五時までずっとパソコンで写真を見つめ続けていたため、思考力がまともに働いていない。それにしても神崎が今日、取り調べを受けることが決まって、本当によかった、と瞬は一人微笑《ほほえ》んだ。

捜査一課長も言っていたが、今回、両親の死がおそらく大々的に報道されるであろうことを思うと、佐生にとって神崎の逮捕は新たな試練となる可能性が高い。しかし、両親の死がトラウマとなっていると思われる彼にとっては、真実が明かされることでそのトラウマを乗り越えられる希望にもなり得るのではないか。

佐生の小説家になりたいという夢は本物だと思うし、応援もしているが、一方、彼が困難に立ち向かうおうとしないことには疑念を覚えていた。叔父叔母《おじおば》を説得することなく、瞬の家に転がり込んでいるのがその最たるものだが、この機会に佐生もまた、強くなってほしい。そう願っていた瞬だが、すぐ、一人の思考の世界にとらわれている場合じゃないと気づき、慌てて部屋を飛び出した。

徳永は近所のカフェに豆か粉を買いに行っただろうから、そこに行ってみよう。たまには自分が買うと主張せねば。結局毎日、コーヒーメーカーのセットもやらせてしまっているし。

エレベーターを待つ間、そんなことを考えていた瞬だったが、いざ、エレベーターが地下二階に到着し、扉が開いたとき、突然目の前に現れた光景にはどう対処していいかわからず、声を上げることも忘れ立ち尽くしてしまったのだった。

箱の中には男一人の姿があった。

「麻生瞬」

ゆったりとした歩調でエレベーターを下り立ち、瞬のフルネームを告げた彼の手には、拳銃が握られている。

「死にたくなかったら言うとおりにするんだな」

下卑《げび》た、としか表現し得ない笑いを浮かべ、真っ直ぐに銃口を瞬に向けていたのは——神崎管理官だった。

どうして彼がここに。まったく働かない頭で瞬は考えようとしたが、神崎はそれを許さなかった。

「撃つぞ。いいのか?」

銃口を上げ下げすることで、瞬からますます言葉を奪っていく。神崎の顔は笑っていたが、こめかみのあたりはピクピクと痙攣《けいれん》しており、下手《へた》なことをすればすぐにも引き金を引きかねない、そんな不穏な雰囲気《ふんいき》が感じられた。

こうも至近距離で撃たれれば確実に死ぬことになる。それは避けたい、と瞬は彼に促されるがまま、特能係の部屋に戻ることとなった。

「……お前……」

室内に入ると神崎はドアを閉め、銃口を向けたまま声を発する。

「一度見た人の顔は忘れないなんて能力、本当にあるのか?」

「………」

どう答えれば、危機を脱することができるのかはわからない。少なくとも、徳永が戻るまでの間、持ちこたえれば生命の危険は回避できるのではと願いつつ、瞬は答えを考えたが、待ちきれなくなったのか、瞬が口を開くより前に、神崎が新たな問いをしかけてきた。

「最初俺を見たとき、お前は無反応だった。てっきり、俺のことは覚えていないと踏んだが、あれは演技だったのか？」

「い、いえ……最初は……気づかなかったんです」

一瞬、どう答えようか迷ったが、どう答えればいいのか、正解はまるでわからなかった上に嘘を考える余裕もなく、瞬はありのままを答えた。

「いつ、気づいた？」

相変わらず銃口は真っ直ぐ、瞬の額のあたりに向いている。頭を撃たれたらどう考えても即死だ。足が細かく震えてしまい、立っているのも困難であったが、会話を続けることが生き延びる道に繋《つな》がると信じ、頭に浮かぶままの言葉をなんとか返していった。

「……十五年前、佐生の家に警察関係者がいなかったかという話から、確かSPが三人いたことを思い出して……」

「警察関係者……」

ぼそ、と神崎が瞬の発した言葉を繰り返したあと、「ああ」と納得した声を上げる。

「お前の能力を知っているのは警察関係者だけということか？」

「……はい。当たり前のことだと思っていたので、今まで誰にも話したことはありませんでした」

「当たり前のわけないだろう。馬鹿か、お前はっ」

神崎が高い声を上げる。そのまま引き金を引くのでは、と身を竦《すく》ませた瞬を見て神崎は、はっと笑うと、

「俺が墓穴を掘ったってことか」

自棄《やけ》のような声を上げ、瞬を見つめてきた。

「…………」

そのとおり。しかしそう答える勇気は瞬にはなかった。

「最初俺を見たとき、思い出さなかったのはなぜだ？　一度見た人間の顔は忘れないんだろう？」

次第に神崎が苛立《いらだ》ってきているのがわかる。ピークに達したときには引き金を引かれるかもしれない。しかしどうすれば苛立ちを抑えられるのかはわからない。

ともかく、問いには答えることが必要だ。神崎の眉間《みけん》の縦皺《たてじわ》が深くなっていることに気づき、瞬は焦って口を開いた。

「注意して見ていない人の顔は、思い出すのに時間がかかったりします。あのときSPは三人いましたが、ゲームのことが気になってほとんど周囲に注意を払ってませんでした」

「なのに俺の顔は思い出した……もしかして、わざわざここにお前を訪ねて来たりしなければ、思い出すことはなかったのか？」

「………」

多分——思い出せなかったかもしれない。警視庁のイントラを見ることができる人間は数万人いるだろう。三万枚の写真を見るだけでも大変だった。顔を見たばかりであったために一晩で五人を探し出すことができたが、神崎の場合は十五年前、しかも意識していない中、ちらと見ただけであるので、なんの手がかりもなければ写真から見つけ出せる自信はなかった。

まさに自身が先程言ったとおり『墓穴を掘った』ことになる。管理官という瞬にとって雲の上といってもいい役職の人間がわざわざ地下二階の部屋を訪ねたというだけでインパクトがあった。顔もよく覚えることとなり、かつて見た記憶にうっすらと残る顔と重なった。

しかしそれを言えば確実に神崎の苛立ちは増す。苛立ちは『怒り』に変じ、引き金にかかった指がそのまま動く可能性は大だ。

しかし黙っていることもまた、苛立ちを呼んでいることがわかる。どうしよう。どうすればいいんだ。足の震えは全身に回り、瞬は今にもへたり込みそうになっていた。喉《のど》がカラカラに渇《かわ》き、上手《うま》く声を発することもできない。

「どうなんだ？　俺が訪ねてこなければ、思い出さなかったのかと聞いてるんだ！」

神崎が怒声を張り上げ、銃口を揺らす。安全装置だけは外さないでほしい、と瞬が天に祈ったそのとき、勢いよくドアが開いたと同時に、

「伏せろ！」

という徳永の声が響いた。

「…………っ」

何が起こっているのか、瞬は把握《はあく》していなかった。驚愕《きょうがく》から瞬は結果として指示どおり、床にへたり込むこととなり、次の瞬間、銃声が響いたのだが、そのときには神崎の銃口は天井へと向いていた。

部屋に飛び込んできた徳永が神崎の腕を捕らえ、銃口を上へと向けさせたと理解したのは、徳永が神崎から銃を奪った上で、彼の腕を背後で絞《し》め上げている姿を見たあとだった。

「立てるようなら手錠《てじょう》を持ってきてくれ」

徳永が瞬にそう、指示を出す。

「は、はい……」

足は相変わらずガクガクしていたが、なんとか立ち上がると瞬は徳永へと近づき、彼か

ら拳銃を受け取った上で持っていた手錠を渡した。

「斉藤課長に電話してくれ。小池でもいいぞ」

「……はい……」

　拳銃を抱いたまま瞬は席へと戻り、徳永の指示どおり、捜査一課に連絡を入れた。

「あなたらしくない。これこそ墓穴ですよ」

　神崎は抵抗らしい抵抗をしていなかった。大人しく手錠をかけられた彼に、溜め息交じりに徳永が声をかける。

「なんだ、いつから外にいた？」

　神崎が苦笑する。彼の顔からは既に、苛立ちも下卑《げび》た表情も消え、地下二階を初めて訪れたときのいかにもエリート、という顔に戻っていた。

「一分ほど前ですかね」

「エレベーターの音はしなかった」

「階段で下りるんです。いつも」

「運動のためか」

　さすがだな、と笑った神崎を徳永が無言で見つめる。

「……お前にはわからんよ」

と、神崎はぼそ、と呟《つぶや》くようにして告げると、視線を瞬に向けてきた。

「彼は私の大学の後輩だが、出世にまるで興味がないんだ。できるかぎり長く現場にいたいなどと言う。信じがたいと思わないか？」

「…………」

既に身体《からだ》の震えは治まっていた。が、どう答えればいいのかわからず、瞬は神崎をただ、見返していた。

「金もいらないようだしね。そんな人間がいるということがまず、信じられないよ」

黙り込んでいる瞬に向かい、神崎は喋《しゃべ》り続ける。

「金と出世、ですか。動機は」

徳永が、瞬のかわりに神崎に問う。

「……身《み》も蓋《ふた》もないな」

神崎がまた苦笑したところに、小池をはじめとする捜査一課の刑事たちが、部屋に入ってきた。

神崎が彼らに引き立てられ、部屋を出る。思わず深い溜め息を漏《も》らした瞬に徳永が、

「大丈夫か？」

と問いかけてきた。

「……あ……」

命を救ってもらった礼をまだ言っていなかった、と思い出した瞬は、慌てて徳永に対し、深く頭を下げた。

「どうもありがとうございました。生きた心地がしませんでした」

「怖い思いをさせて悪かった。まさか神崎さんが自棄《やけ》を起こすとは思っていなかった」

逆に頭を下げてきた徳永が、ぽつ、と言葉を足す。

「あの人も……どこで間違えてしまったんだろうな」

「…………」

本当に。金も出世も、どちらも欲しいという気持ちはわかる。だが、警察官としての倫《りん》理《り》に背いてまで手にしたいとは思わない。

神崎は違ったのだろうか。部屋を出ていくとき、彼は苦笑を浮かべていた。あの笑いにはどんな感情が込められていたのかと考えていた瞬に徳永が声をかけてくる。

「神崎の取り調べの傍聴《ぼうちょう》は別室でできるだろう。興味があれば見ていくといい。疲れたならウチに戻って寝てもいいぞ。内容はあとで説明してやる」

「いえ。聞かせてもらいます」

実際、疲れ果ててはいたが、十五年前、神崎が何をしたかはこの耳で聞いておきたい。

それゆえそう答えた瞬に徳永は「そうか」と微笑《ほほえ》むと、

「それなら、眠気覚ましにコーヒーでも淹《い》れよう」

と購入してきた珈琲をポケットから取り出し、瞬に示してみせたのだった。


神崎はすっかり観念したらしく、取り調べには素直に応じていて、別室でその様子を小池らと共に聞いていた瞬は、十五年前の真相を今になり知ることとなった。

「……佐生幹事長は清廉《せいれん》すぎた。それで、偽の女性スキャンダルで失脚させようと試みたんだが、本人にその計画が知られることになり、逆に党は佐生幹事長に粛正《しゅくせい》されそうになった。もう、命を奪うしかないと、SPの自分に声がかかった」

神崎は淡々と、佐生の両親殺害につき語っていった。

「ブレーキに細工《さいく》をした。碓氷峠あたりできかなくなるように。幸いあの日は夜、集中豪雨となったし、運良く車は大破してくれたしで、事故を疑う人間はいなかった」

「佐生幹事長を亡き者にしようとしていたのは、当時の与党だったということですか」

「少なくとも俺はそう思っていた」

斉藤課長の問いに神崎は答えたあと、

「何を言ったところで、政党側は否定するだろうがな」

と笑った。

「党から依頼されたわけではないんですね？」

「俺に指示を与えたのは当時の上役だ。今は鬼籍《きせき》に入っているのでそれも確かめようがない」

神崎の顔には諦観《ていかん》が表れている。マジックミラー越しにその顔を見ていた瞬の胸には複雑な思いが溢《あふ》れていた。

殺人犯ではある。が、自らの意思ではなく、上司から命令されてのことだった。勿論《もちろん》彼は断ることもできたはずだ。倫理観が勝れば拒絶していた。

しかし彼は実行した。その結果、出世もした。しかし、と瞬が見守る中、神崎の自白は続いていった。

「暴力団との繋《つな》がりもまた、上司絡みだった。彼らは金脈だと言ってね。信じてもらえないだろうが、正直なところ私はかかわりを持ちたくはなかった。癒着《ゆちゃく》が世間に知られれば即、身の破滅となる。しかし離れることはできなかった。彼らには私がかつて佐生幹事長を殺害したことを知られていたから。それをネタに延々、関係は続いた………といっても、充分、甘い汁は吸ってきたから、言い訳にもならないが」

自嘲《じちょう》気味に笑う神崎に対し、斉藤課長が淡々と問いを重ねる。

「ルポライターの三宅殺害に麻生巡査部長と佐生正史さん殺害未遂。すべてかかわっていることは認めますか？」

「……三宅が佐生一郎の死について調べているという情報が暴力団から入った。邪魔なら消すと言われたが、記事にならなければいいと当初は答えていた。だが三宅が佐生の息子にコンタクトを取っているという情報から、息子が今、麻生巡査部長の家にいるとわかり、不安になった。車に細工をしていたために手が汚れていたのに気づかず、車のドアを汚してしまったのを佐生一郎に見咎《みとが》められた。その場に息子も麻生もいたことを思い出したんだ。それを暴力団に伝えたら、まとめて三人、始末すればいい、任せてほしいと言われ、それで……」

「つまりは関与していたと、そういうことですね」

言葉を途切れさせた神崎に対し、斉藤が尚も淡々と確認を取る。

「……私の顔を覚えているか、確かめにいった。どうも覚えていないようだとは思ったが、いつかは思い出すかもしれないと思うと、不安は消えなかった」

溜め息と共にそう告げた神崎は、ここで顔を上げ、ぼそ、と呟いた。

「麻生が人の顔を忘れないなどという能力を持っていなければ、誰ひとり、殺さずにすんだんだ」

「……っ」

そんな理不尽な、と瞬はマジックミラー越しに息を呑《の》んだのだが、次の瞬間、バシッと机を叩く音と共に書記役を務めていた徳永が立ち上がり、神崎を怒鳴りつけた。

「いい加減にしろ！　そもそもお前が十五年前、佐生代議士を手にかけなければよかったんだろうがっ」

「徳永、落ち着けや」

斉藤課長が、徳永を振り返り、座れ、と目で促す。

「……すみません」

憤懣《ふんまん》やるかたなしといった表情を浮かべていた徳永は、大人しく座ったものの、相変わらず神崎を睨《にら》んでいた。

「…………そのとおりだ。ひとこともないよ」

神崎が溜め息交じりに呟いた声が、取調室に響く。果たして神崎は反省しているのだろうか。すべてが外的要因によるものだという説明に終始した彼には、何を言っても無駄な気がする。

そんな中、滅多《めった》に声を荒立てることのない徳永が、おそらく自分のために激高したことに瞬は、驚きと共に嬉しさを感じていた。

長い取り調べが終わったときには、聞いていただけだというのに瞬は疲れ果て、すぐにも家に帰りたい心境になっていた。

しかし徳永に挨拶《あいさつ》もせずに帰るわけにはいかない、と部屋で待っていると、暫《しば》くしてやはり疲れ果てた様子の徳永が戻ってきて、瞬を見て驚いたように目を見開いた。

「帰って休めと言っただろう。てっきり帰ったものだと思っていたぞ」

「はい。疲れました」

つい本音を漏らしたあと瞬は、

「徳永さんのほうが疲れたと思いますが」

と慌てて言葉を足した。

「一番疲れるのは斉藤課長だろうな。これから記者会見だと言ってたし」

肩を竦《すく》めてみせた徳永は、

「さて、帰るか」

と瞬を誘ってきた。

「……あの……」

やはり礼は言いたい、と瞬は徳永の前で姿勢を正すと、

「ありがとうございました」

きっちり九十度、頭を下げた。

「何に対する礼だ？」

徳永が戸惑った声を上げ、瞬の顔を覗《のぞ》き込もうとする。

「……あれ……？」

自分のために憤《いまどお》ってくれたと思ったのだが、勘違いだったのだろうか。それとも無意識だったのか。

なんにせよ、感謝の念を伝えることはできた。もしかしたら照れているだけかもしれないし、と瞬は徳永を見たが、その表情からは『照れ』は感じられなかった。

「どうした？」

「いや、なんでもありません。帰る前にビールでも飲みませんか？」

なんでもいい。今の気分は徳永と共に事件解決を祝いたい。自然と笑顔になってしまいながら誘ってみた瞬に徳永は、

「外で飲んだら確実にお前、潰れるだろう」

とノリの悪い言葉を返し、瞬をがっかりさせたあとに、

い。

「だからウチで祝杯をあげることにしよう」

ニッと笑ってそう告げ、沈みかけた瞬の気持ちを更に盛り上げてくれた。

見た目はクール。そしてとっつきにくそう。だがハートはどこまでも熱く、面倒見もい
い。

本当にいい上司に巡り会えたものだ。二人きりの係なので『チーム』というより『ペア』とか『パートナー』とかの表現のほうが相応《ふさわ》しく思うが、彼と共に指名手配犯を見つけだすという任務に——自分の能力を最大限生かせる捜査に当たれることへの幸せをしみじみ嚙《か》みしめながら瞬は、明日からも更に頑張るぞという決意を胸に徳永を見やり、その気持ちが伝わったらしい彼が頷《うなず》いてみせたことに、この上ない喜びとやる気を覚えたのだった。


神崎の逮捕をマスコミは連日報じ、警察への風当たりも相当きついものがあったが、佐生の両親の死についてはさほど取り上げられることはなかった。

というのも、十五年前の佐生幹事長殺害は神崎自身が企《くわだ》てたものであり、動機は暴力団

との癒着を気づかれ、上司に報告されそうになったからと発表されたためである。

神崎は過去の己の罪を探ろうとする三宅をも、暴力団を使って殺害させた、とマスコミはこぞって彼と暴力団のかかわりを報じ、当時のそして今も与党である政党のかかわりについては一切報道されることはなかった。

瞬や徳永は勿論《もちろん》、捜査一課の面々も警察上層部のこの『忖度《そんたく》』としか思えない対応に反発し、当初記者会見をする予定だった斉藤課長は渡された原稿を読むことを断固拒否した。

結局、記者発表は最終的に神崎を取り調べた監察官により行われたのだが、神崎の当初の自供を裏付けるにも、彼に殺害を指示したという上司が既に亡くなっていて証言が取れないことや、政党側からも完全否定があったことから如何《いかん》ともしがたく、捜査一課は忸怩《じくじ》たる思いを抱きながらも再捜査を諦めざるを得なかったのだった。

瞬も勿論、憤《いきどお》りを覚えたのだが、一方、そのおかげで佐生の両親の死がクローズアップされずにすんだことを思うと、心情的にはなかなかに複雑だった。

両親が他殺であったことに関し佐生はさすがにショックを受けていた。暫く落ち込んだ状態が続くのではないかと瞬は心配していたのだが、翌週には佐生は再び瞬の家に転がり込んできた。

「……落ち着いたか？」

思いの外、さばさばした表情をしている佐生に、瞬が問いかけると、

「ありがとう。もう、大丈夫だ」

と彼は笑い、

「お前こそ、今、警察、かなり叩かれてるけど大丈夫か？」

と逆に心配して寄越して、本当に立ち直っているのだなと瞬を安堵《あんど》させた。

佐生曰《いわ》く、叔父《おじ》宅に戻ったのを機に、叔父に対し、自分は真剣に小説家になりたいのだと伝えたところ、大学は卒業することと、医師免許はとることを約束させられたが、自分の夢をかなえたいのなら好きにするといいと背中を押してくれたという。

「よかったじゃないか」

「いやあ、どうせ夢破れるだろうからって予想してるんだよ」

悪態めいたことを告げてはいたが、佐生は嬉しそうだった。

「医師免許を持ってるってことも作家として売りになるかもしれないし、頑張るよ」

やる気に溢《あふ》れた様子の彼を見て、瞬は安堵すると共に佐生のやる気を応援したいと心から願った。

瞬自身はというと、今までどおり徳永と二人、朝、指名手配犯のファイルを眺めては繁《はん》華街《かがい》に出かけていき、見当たり捜査にあたるという日々が続いている。

変化があったとすれば、徳永の家は出たものの、捜査のあと、徳永と道場で汗を流したり、居酒屋に寄ったりと、共に過ごす時間が増えたためか、徳永に言われるより前に彼が考えていることがわかるようになってきた。

それでも日常的に、

「声が大きい」

という注意は受けているのだが、近い将来にはそれこそ『ツーといえばカー』と自他共に認めることができるような仲になれるのでは、と、瞬はそれを期待している。

集英社オレンジ文庫をお買い上げいただき、ありがとうございます。
ご意見・ご感想をお待ちしております。

● あて先
〒101-8050　東京都千代田区一ツ橋2-5-10
集英社オレンジ文庫編集部 気付
愁堂れな先生

忘れない男

～警視庁特殊能力係～

集英社
オレンジ文庫

2019年10月23日　第1刷発行
2020年12月7日　第5刷発行

著　者　愁堂れな
発行者　北畠輝幸
発行所　株式会社集英社
〒101-8050東京都千代田区一ツ橋2-5-10
電話【編集部】03-3230-6352
【読者係】03-3230-6080
【販売部】03-3230-6393（書店専用）
印刷所　凸版印刷株式会社

※定価はカバーに表示してあります

ISBN 978-4-08-680279-6 C0193

集英社オレンジ文庫

梨沙

鍵屋の隣の和菓子屋さん

つつじ和菓子本舗のひとびと

祐雨子と柴倉、多喜次の三角関係に
ついに決着がつく!?　和菓子屋が舞台の
大人気シリーズ、ほっこりゆるりと完結。

――〈鍵屋の隣の和菓子屋さん〉シリーズ既刊・好評発売中――
【電子書籍版も配信中　詳しくはこちら→http://ebooks.shueisha.co.jp/orange/】

①つつじ和菓子本舗のつれづれ
②つつじ和菓子本舗のこいこい
③つつじ和菓子本舗のもろもろ

集英社オレンジ文庫

菅野 彰

シェイクスピア警察

マクベスは世界の王になれるか

「国際シェイクスピア法」が制定され、
日本にも戯曲の正本を厳守させる
警察が設置されて五年。かつて
学生演劇界で並び称された天道と空也は、
警察とテロリストに進む道が分かれ…!?

コバルト文庫　オレンジ文庫

「ノベル大賞」

募集中！

小説の書き手を目指す方を、募集します！
幅広く楽しめるエンターテインメント作品であれば、どんなジャンルでもＯＫ！
恋愛、ファンタジー、コメディ、ミステリ、ホラー、ＳＦ、etc……。
あなたが「面白い！」と思える作品をぶつけてください！
この賞で才能を開花させ、ベストセラー作家の仲間入りを目指してみませんか⁉

大賞入選作

正賞と副賞300万円

準大賞入選作

正賞と副賞100万円

佳作入選作

正賞と副賞50万円

【応募原稿枚数】

400字詰め縦書き原稿100〜400枚。

【しめきり】

毎年1月10日（当日消印有効）

【応募資格】

男女・年齢・プロアマ問わず

【入選発表】

オレンジ文庫公式サイト、WebマガジンCobalt、および夏ごろ発売の文庫挟み込みチラシ紙上。入選後は文庫刊行確約!
（その際には、集英社の規定に基づき、印税をお支払いいたします）

【原稿宛先】

〒101-8050　東京都千代田区一ツ橋2-5-10
（株）集英社　コバルト編集部「ノベル大賞」係

※応募に関する詳しい要項およびWebからの応募は
公式サイト（orangebunko.shueisha.co.jp）をご覧ください。